JN110877

小谷野流「日本文学史早わかり」

もし「源氏物語」の時代に芥川賞・直木賞があったら

小谷野 敦

Koyano Atsushi

『もし「源氏物語」の時代に芥川賞・直木賞があったら』◆目　次

装丁／大谷昌稔
カバー画・本文挿画／千船翔子

第1章

平安文学〜始めはやっぱり『源氏』から

紀尾井町（きおいちょう）は、東京の山の手、永田町（ながたちょう）の西南にある街で、都心といえる。徳川期には、ここに、紀伊大納言家、尾張大納言家、井伊掃部頭（かもんのかみ）家の屋敷が並んでいたところから、その頭文字をとって紀尾井町と呼ばれる。以前は、歌舞伎役者の二代目尾上松緑（しょうろく）が住んでいたところから、松緑へのかけ声に「紀尾井町！」というのがあった。

ここに、文藝出版大手の文藝雷電（らいでん）社の本社がある。ちなみに、もうちょっと北の、飯田橋からさらに北へ行った矢来町には、併称される文藝大手の明朝（みんちょう）社がある。明朝社の文藝雑誌『明朝』は文藝雑誌の中で最も古くからあり、その誇りも強いが、明朝社の財産は戦後発足した「明朝文庫」で、近代日本の古典的な文学から最新の人気作家までズラリと揃っていて、他社で出していたものでも著作権が切れると明朝文庫が持っていくと言われている。

それぞれ週刊誌として『週刊明朝』『週刊文雷』を出していて、木曜日に発売されるが、時に有名人の不倫スクープなどを出すので世間では「文雷砲」「明朝砲」などと呼んで面白がっている。

しかし、文藝雷電社の財産は、年に二回開催される文学新人賞の芥川賞と直木賞である。昭和十年に菊池寛（きくちかん）が創設した、純文学と大衆文学の賞だが、敗戦で一時途絶したものの四年後に復活し、以後次第にその存在は重要視されていき、八〇年代から九〇年代にいくらか低調にはなったが、その後盛り返して、実は新人賞でしかないのに、受賞作はまるでその年の日本文学を代表する作品のように勘違いされて売れるようになっている。

　いま、文藝雷電社の前までやってきたのは、作家の小谷崎淳（こたにざきじゅん）である。十三年前に芥川賞を受賞し、今では六十一歳になるから、やや遅咲きではあったが、その後谷崎賞、泉鏡花賞などを受賞し、そもそもは大学で英文学の教授をしており、それでいて日本の古典文藝にも詳しいというので重鎮に近づきつつある。文壇で出世するためには、文学賞をとることが重要だが、日本では文学でも学術でも、賞はほぼ人脈で決まるので、小谷崎も芥川賞受賞以前から、文学賞の受賞パーティや文壇バーなどでせっせと人脈作りをしてきた。

　今日文藝雷電へ来たのは、語り下ろしの新刊の相談である。中へ入り名前を言うとすぐに案内されて、六階の応接室へ通され、編集担当の垂髪（うない）きらりと、後見の重役の杉白江隆房（すぎしらえたかふさ）が出迎えてくれた。

　概略は以前、家のそばまで来た垂髪きらりと、相談して決めてある。本来の芥川賞が年二回の新人賞であることにはこだわらず、文学史上の作品に芥川賞や直木賞を授与するという「遊び」を通して、日本文学にも詳しい小谷崎のうんちくを語ってもらうという「日本文学史早わかり」的なものを目ざす、ということになっている。

「『日本文学史早わかり』って、それは……」

「そう、丸谷才一さんの本だね。あの人のは、詞華集（しかしゅう）と連句集で日本文学史を語ったが、和歌には詳しかったね、あの人は」

それは、小説はそんなに面白くなかったという意味だろうか、それとも歌舞伎には詳しくなかったという意味だろうか、と垂髪きらりは思ったが、何も言わなかった。

「芥川賞はホントは新人賞だけれど、ここでは日本文学史上の、優れた作品を紹介していくためのアイテムになるわけだね」

「そ、そうですね」

きらりは、カバンの中を覗いたりして、必要なものを外に出していった。

「先生、世界文学って言葉が最近はやってるみたいですけど、先生は世界文学の名作というと、どのようなものをお考えですか。あっ、前のご本で書かれているのは拝読したんですが、改めて直(じか)にうかがうという……」

小谷崎は手を出して、分かってるという身振りをした。新聞記者の取材を受ける時など、著書に書いてあることでも改めて語るということがあり、そういうのは慣れている、という心づもりである。

「まあそうですね、古くはホメロスから、シェイクスピア、『レ・ミゼラブル』といったあたり……」

「たとえばそれを十段階で評価すると、どんな感じになりますか」

第１章　平安文学〜始めはやっぱり『源氏』から

「まあ、十の最高点がつくのは、ホメロス、シェイクスピアに、『源氏物語』かな……」

「あっ、そこでもう『源氏』が出てくると」

「そうです、それくらい私の評価は高いです」

ドアを叩く音がして、速記の女性が入ってきた。もちろん録音はするのだが、正確を期すために同時に速記もとるのである。女性は目立たない場所にそっと座った。

垂髪きらりは録音機のスイッチを入れて、速記の人に目で合図してから、ふと思い出したように、

「じゃあ、ダンテの『神曲』なんかも十あたりですか」

と訊いた。すると小谷崎は、

「いや、あれはダメです」

と造作もなく答えたから、垂髪はちょっと驚いて、

「え、『神曲』はダメなんですか」

と反問した。小谷崎は、

「原基晶（もとあき）という専門家の人が最近出した『ダンテ論』という本を読むと分かりますが、あれはアレゴリー文学ですね。『薔薇物語』*と同じように、寓意文学であり、文学史的な意味はありますが、今まで言われてきたような「愛」の文学ではないです」

「愛の文学と言われてきたんですか」

「ええ、まあもう一つの『新生』と合わせてですがね、浅田彰と島田雅彦の『天使が通る』でも、「愛の超新星（スーパーノヴァ）」とか言われていますが、ダンテはあくまで中世的キリスト教徒ですから、愛というのは神への愛、神からの愛でしかなく、人間同士の恋愛はよこしまなものなんです。ほら、日本の若者は、クリスマスイブになるとカップルでホテルに泊まったりするでしょう、キリスト教は愛の宗教だからとか言って」

「……バブル時代の話かもしれませんね、先生はおやりにならなかったんですか」

「ぷふ（お茶を吹いて）……若気の至りってやつですかね。まあともかくそれは誤解であって、ただし日本人が勝手に誤解したんじゃなくて、西洋人もルネッサンスのあたりで「ラブ」を曲解していましたよね。シェイクスピアなんかその最たるものです。だいたいシェイクスピアの庇護者の国王たちが、ローマ法王から破門された人たちですからね」

「イギリス国教会……ですか」

＊薔薇物語　十三世紀にギヨーム・ド・ロリスとジャン・ド・マンが書いた寓意詩。篠田勝英の日本語訳（平凡社、ちくま文庫）がある。中世後期文藝におけるアレゴリーについては、C・S・ルイス『愛のアレゴリー』に詳しいが、日本では『愛とアレゴリー』の題で筑摩書房から翻訳が出ている。

「ええ。それに、伊藤整(せい)*という作家がいましたが、あの人に「近代日本における『愛』の虚偽」という評論があって、有名なものですが、これがそもそも間違っている。伊藤も、あまりキリスト教のことは分かっていなかったんですね、恋愛の根底にはキリスト教的な『愛』がある、と言っている。ところが日本人はキリスト教抜きで恋愛だけ輸入した、それが間違いだと言っている……いや、これは私が前に書いた本に書いておいたんですがね、あまり広まらないんでしつこく言うんですが」

垂髪きらりはせっせとメモをとった。録音してあるからいいというものではない。大手出版社でこういう企画をする時は、録音し、速記し、編集者がメモをとるという万全の体制で臨む。もちろん、小谷崎が書いた本は可能な限り目を通したので、今の話もうっすらと記憶にはある。

「……話を元へ戻しますと、『源氏物語』は芥川賞受賞でいいですね」

「ええ、問題ないです」

「それは、純文学とかエンタメとかいう区別を超えて、という感じですか」

昔の、大衆文学とか通俗小説という言葉は、そういう方面の作家に不快感を与えないために、編集者はまず使わない。エンタメ、と言っても要は娯楽だから大して違わないのだが。

すると小谷崎は、

「いえ、純文学です」

と言い切った。垂髪はちょっと驚いたふりをして、

「え、『源氏物語』は「純文学」なんですか?」

と言った。小谷崎にそういう持論があることは知っていたので、驚いた「ふりをした」のである。編集者にも、演技力が必要である。

「そうです。では当時の大衆文学とは何か、といえば、『落窪物語』というのがあります」

「シンデレラみたいな話*ですね」

「そうですね、民話にも、紅皿欠皿（べにざらかけざら）とかありますし、あれを平安朝物語にしたもので、ああいうのが当時の大衆文学ですね。だから『落窪物語』は直木賞ということにしましょう」

---

*伊藤整（一九〇五－六九）詩人、英文学者、小説家、翻訳家『チャタレイ夫人の恋人』の無削除版翻訳で戦後刑事訴訟され有罪となったが、ベストセラー作家で、東京工業大学教授を務め、藝術院会員にもなった。詩集に『雪明りの路』、小説に『鳴海仙吉』『火の鳥』『氾濫』『発掘』、エッセイに『女性に関する十二章』などがあり、「近代日本における『愛』の虚偽」は、『近代日本人の発想の諸形式』（岩波文庫）に入っている。

*古今東西の「シンデレラ型」物語については、アラン・ダンダス編『シンデレラ――9世紀の中国から現代のディズニーまで』（紀伊國屋書店、一九九一）に詳しい。

「……はい」

「しかし紅皿欠皿って面白いですね。『赤ずきん』ってあるけど、あれも面白い題名ですよね」

「あ、そうですか?」

「だって単に女の子が赤い頭巾をかぶっていたってだけで、記号的なものでしょう? もしあれがなかったら『少女と狼』とかいう、インパクトのない名前になっちゃうでしょう。それを『赤ずきん』と言えば一言で通じる。うまいもんです。『灰かぶり』とか『白雪姫』とか、ネーミングがうまい。『カチカチ山』なんかもうまい」

「……いつの間にかうまいネーミングが残っていくんですね。『カチカチ山』は、太宰治がつけたんでしょうか」

「いや、昔から『カチカチ山』だね。『猿蟹合戦』とかね」

小谷崎は、首をひねって、

「その手の昔ばなしに『飯食わず女房』ってのがあるけど、あれはケチな男が飯を食わない女房を見つけて喜んでいたが、米の減りが多いので不審に思って出かけるふりをして天井裏に潜んでいると、女房の頭の後ろにガバって別の口が開いて、そこから飯を食っていたって話だが……」

「ありましたね、そんな話」

「あれは、別に頭の後ろに口が開かなくても、留守の間に食っていた、で済む話なんだよね。でもそれだと別に面白くも何ともないから、そうしたという……。でも頭の後ろに口がある必然性はないという……話のための話みたいだなあ、と子供のころから思っていた……」

垂髪きらりは、ここから余談へ行くかどうかちょっと考えたが、やめておくことにして、名前の通り長い黒髪を垂らしていたが、それをはらりとさせて、

「すると、『竹取物語』なんかはどうなんでしょう」

と訊いた。

小谷崎は、

「うーん、物語のはじめの親、に対して申し訳ないが、あれは通俗的だから、直木賞かな」

「そうですか」

「高畑（勲）さんのアニメ映画なんか、良かったけどね。あれのおじいさんは、今ではさぬきのみやつことするのが一般的だけど、私が最初に読んだ角川文庫版は、中河与一の注釈で、「さかきのみやつこ」になっていたなあ」

「そうですか」

小谷崎の目つきがうっとりしているので、これは何か若いころ好きだった女性の話に逸脱

していくのではないか、と思った垂髪は、話を元へ戻そうとした。

「それで、『源氏物語』がそれほど偉大だというのは、どういうところでしょう」

「うーん……それを言うのは、難しいなあ……」

小谷崎は、瞑目した。

「これは、タバコを喫わないと言えない……」

「あ、どうぞ」

「いや、やめたんだ。十年も前にやめたのに、まだ夢に見る」

「大変ですね」

「源氏は、まあ、現実の歴史をモデルにしているわけでしょう。朱雀院とか冷泉院とか出てくるけど、あれは現実の朱雀天皇や冷泉天皇ではなく、建物の名前なわけね。それで、源氏って言うと今では清和源氏、つまり武家の源氏を思い出す人が多いだろうけど、当時は宇多源氏とか嵯峨源氏とかの公家源氏しかいなくて、村上源氏が台頭してくるのがそのあとだからね。おかげで『源氏物語』と『平家物語』があるから、『源氏物語』は武家源氏の台頭を描いた物語だと勘違いしていた人もいる……」

垂髪きらりは、せっせとメモをとった。

「そういうモデルがありながら、ちゃんと別の世界を作り、それでいてあれだけ大勢の人物を登場させながら、破綻がない。紫式部はきわめて頭のいい人ですね。私は頭のいい女性が好きですからね」

「紫式部が好きなんですか」

「ええ、好きです。……あの作品について、「結婚生活の不幸」がテーマだと言った若い女性がいましたが、実にズバリと言うものだなあ、と私は若いころでしたが、ぞうっとするものがありましたね」

「……それはそうかもしれませんね」

「まあ、紫上が死ぬあたりまで読むとどうしてもそういう感じになりますけれどね。その主題をさらに宇治十帖へ引き継いでいく、あの手腕のすごさったらないですよ」

「そうですね」

「でも徳川時代には、紫上を、理想の妻として読む読み方が武家の女の間では一般的だったんでね。それじゃ山周（山本周五郎）の『日本婦道記』みたいだなと思いますよ」

帰ったら入手して読まないと、と垂髪きらりは思った。

「先生は『源氏』の女性の登場人物では誰が好きですか」

言ってから、凡庸な質問だなあと我ながら呆れたが、

「ああ、浮舟ですね。やっぱり。それは、好きといっても、楽しい好きとは違うんです。自

分がこれまでの人生でもしかしたら女の人を苦しめたかもしれない、いやしただろうという、そういう女性たちの象徴……いや、この象徴という表現はいいのかな……まあ代表として浮舟がいるということですね」

「レイプされたんですからね」

「いや、まあ、私は女性を強姦したことはないですが……そういうことでもないし、二人の男に言い寄られたというのが気の毒とか、そういうストレートなことでもないんですがね。

……そういえば、若いころ、浦和の駅にラーメン店があって、それぞれのメニューに、浮舟とか紫上とか葵上(あおいのうえ)とか、『源氏物語』の女性の名前がついてたんです」

「なんか、粋なお店ですね」

「ええ、それで私はその当時も浮舟が好きだったんですが、チャーシューメンが浮舟だったんですよ。だから中へ入ってウェイトレスに、「うきふね」って言ったら、どうもウェイトレスはメニューの源氏名(げんじな)……ホントに源氏名だからおかしいですが……を把握してなかったらしく、聞き違えて、「こぎつね?」と怪訝(けげん)な顔で私を見るんで、若いからどっと汗が出て、あわてて「あ、チャーシューメン」って言い直して」

　笑って聞いていた垂髪きらりは、

「「うきふね」と「こぎつね」って、そんなに似てますかね」

と言い、少し上を向いて、口の中で、うきふね、こぎつね、と言っていた。

「今はどうか知らないけど、昔は女の人はだいたい朧月夜（おぼろづきよ）が好きだったね」

と、小谷崎のほうから言い出した。

「ああ、光源氏とヤっちゃ……セックスしてしまって流刑の原因になる人ですね」

「そう……まあ奔放でカッコいいと思われていたんだろうね」

「先生はどうですか」

「いやあ、若いころって、女の人がいいと思うと付和雷同して、自分も好き、って言ったりするんだよね。だから言ったかもしれない」

「それはあのマンガの『あさきゆめみし』とかが読まれていた時代ですね」

「そうそう、女の子はだいたいあれで『源氏』を知っていた。まあ知らないよりはましだと思ったね」

「ところで、現代語訳も今ではたくさんございますけれど、先生はどれがいいと思われますか？」

垂髪が急に「ございます」なんて言い出したので、小谷崎はちょっと、おやという顔をしたが、

「そうねえ。私も若いころはご多分に漏れず谷崎潤一郎が偉いと思っていて、最初に読んだ

時も岩波文庫の山岸徳平のやつと、中公文庫の谷崎訳とを交互に読んだもんだけど」

「それは、大学生の時……」

「高校から大学にかけて、数年かけて読んだね。でも今思うと谷崎訳は、主語も省略されているし、難しすぎるね。ほかはまあ、円地文子とか瀬戸内寂聴とか、そのあたりでいいんじゃないかなあ。外国文学でもそうだけど、ある水準に達してしまうと別にどの訳でもいいって感じになりがちだよね。橋本治のは特殊なものだから別だけど、田辺聖子の自由訳でもいいいし、大塚ひかり*でもいいいし」

「大塚ひかりさんって、『源氏の男はみんなサイテー』とかいうの、書いてませんでした？」

「ああ、ありましたね。谷崎潤一郎も、光源氏は好きじゃないとか言っていたけど、まあ女から見たら碌なもんじゃないかもしれないよね」

「そうですね……。ああ、そういえば若紫なんか、十三歳でセックスされちゃう……」

「まあ強姦の上に少女だから、今だったら大変だよね。そういう感覚も、時とともに変わっていくから、果たして千年、いや二百年後も『源氏物語』が偉大だと思われているかどうかは分からないんだよね」

「そうですか……はかないですね。先生は男の登場人物でお好きなのは……やっぱり柏木ですか」

「ははは、それはばれてるよね、何度も書いてるから。あれはねえ、一目ぼれっていうんだろうね、女三宮が好きで好きで、忍び込んでやっちゃうわけだけど、あれは多分、知能が低かったんだろうね」

「え？　女三宮がですか？」

「そう。それでもセックスはしたけれど、多分処女だった。それで二重にショックを受けちゃったわけだ。そこへ光源氏が睨んだというのは、お前、三宮があほうなのを知ったな、という意味でもあるわけで、これは救われないよね。それで死んじゃった」

「……それはショックですよね」

「最近でもあるんだよね。週刊誌のヌードグラビアに登場して、すごい美人なので騒がれていた女性がいた。そのうち、どうやらその人らしいのが出るアダルトヴィデオが出た。ところが、それを見てみると、まあ「イケヌマ」なんだよね」

「は？」

小谷崎はそこにあったメモ用紙に何か書いて見せた。ああ……。

＊大塚ひかり（一九六一－　）古典エッセイスト。早大国史学科卒。『太古、ブスは女神だった』『本当はひどかった昔の日本』など。

「それで男たちはいっせいにがっかりしてしまったという、ね」

「それは嫌な話ですねえ……」

垂髪は、話頭（わとう）を転じようとして、

「そういえば、『源氏物語』は外国語訳も多くて、英訳は三種類*ありますが、先生はどれがいいと思いますか」

「いやあ、それはよく聞かれるんだが、ほとんど読んでないんだよ」

「あ、そうなんですか」

「学者……まあ私は元が学者だからなんだが、短い人生で色々やらなきゃならないわけだから、特にそれで論文を書くんでない限り、読まなくていいものは読まないし、二度も三度も同じものを読んだりはしないんです、必要がない限りね」

「ああ……新訳なんてのもおやりになりませんか」

「新訳ブームみたいのも、ちょっと考えものだよね。すでにあらかたの有名な海外の作品は十分な水準で翻訳されていて、それをほかの出版社が売れよかしというので出すわけだから、あまり文化には貢献していないからね」

「そうですね。……『源氏物語』は文章が特に難しいと言われていますが……」

「そうだねえ。……大江健三郎も、そう言われている。大江は、普通に書いてから、わざと

あの難解な文章にしているんです。なぜだと思いますか？」

「えっ。……純文学っぽくするため？」

「そうでしょうね」

垂髪きらりは、まさか、と言われるかと思っていたからちょっと拍子抜けした。

「なら、紫式部もそうだったんじゃないですか」

「えっ！？　紫式部が、「純文学」っぽくするために、文章をわざと難解にした？」

きらりは、思わず大きな声をあげたから、今まで黙って聞いていた杉白江と、速記の女性が顔をあげたくらいだ。

「そうじゃないですか」

「だって、当時「純文学」なんて概念はないでしょう？」

「セクハラって概念がない時代にもセクハラはあったでしょう？」

「ええっ？　じゃあ、何か、これは高級な文学だと思わせるために、文章を難解にしたと
……」

「そうですよ。今だって、そういう書き方をする人はたくさんいるでしょう。いや、もしか

＊英訳は三種類　アーサー・ウェイリー、エドワード・サイデンステッカー、ロイヤル・タイラー。

したら、紫式部が、難しい文章を書くことで、通俗的と見えかねない物語を、高尚なものだと思わせようとする、そのやり方を発明したんじゃないですか？」

「そういう説を唱える専門家がおられるんですか？」

「いえ、私は知りませんが、そう思いませんか？」

垂髪きらりは、口もとに手を当てて考えこんだ。ほどなく、分かりました、と言って、少し赤い顔をして「レクチャー」を再開した。

「藤原道長が、紫式部のパトロンだったとか、愛人だったとか言われていますが、これは……」

「まあ、そうでしょうね。昔は、偉大な文学者が権力者に仕えるとか、パトロンになってもらうということは、珍しいことではなかったですからね。柿本人麻呂（かきのもとのひとまろ）もそうだし、勅撰和歌集の選者たちも、シェイクスピアも、ミルトンも、ワーズワスも……。文学者と権力者の間がむしろ対立的になったのは十九世紀から二十世紀にかけてじゃないかな」

垂髪きらりは、せっせとメモをとっていた。

「そういえば、光源氏のライバルに頭中将（とうのちゅうじょう）というのがいますが、あれは藤原氏ですね」

「そうですね」

「あの時代は、藤原摂関家が、天皇の権力を奪いつつあった時代ですが、紫式部はむしろ天皇の側の人間である光源氏を、藤原氏とはライバル関係のようにしていますが、弘徽殿女御あたりになるとはっきり敵対関係になりますね。下手をすると藤原氏が悪役になりかねないところだけど、そのあたりの案配もうまいんですよね」

「紫式部自身も、藤原氏ですね」

「そう、夫の藤原宣孝もそうですが、あの当時は公家には藤原氏はたくさんいたから、道長に近いということがむしろ大きいでしょうね」

「紫式部自身は、どういう人だったんでしょう」

「性格とか？　あまり史料がないから難しいところですが、頭がとてもいいのは前に言った通りですが、明るい人ではなかったようですね。そう長く生きたわけでもないようだし……」

「そういえば、光源氏も五十歳くらいで死んでいるんですね。あれは当時としては普通……？」

「うーん、そうでもないんですよ。物語中にも、源内侍っていう、源氏とまぐわっちゃうおばあさんが出てくるし、現実にも、紫式部の主人だった上東門院彰子とか、道長の弟の頼通とか、八十代まで長生きしているし」

「でも後世の人でも、信長とか芭蕉とか、人間の寿命は五十年、みたいなことを言ってますね」

「……ああ……信長のはまあ幸若舞（こうわかまい）の『敦盛』だけど、古代でも長生きする人はいたってことですね。今の八十歳は半世紀前の六十歳とか言う人がいるけど、そんなには違わないんです」

「そうですか。……あとあの、玉鬘（たまかづら）の「日本紀（にほんぎ）などは、片そばぞかし」って有名なセリフがありますよね」

「ああ……物語論とか言われるやつね。歴史書より物語のほうが人間の真実を描いているという主張だとか……」

「先生は、どう思われます？」

「……うーん、今みたいに膨大な量の小説や映画が作られている時代になると、ノンフィクションのほうが真実だともいえるし、歴史か小説か、みたいな比較はあまり意味がないでしょうね」

「そうですか」

「それで思い出したんだけど、余談だけど、一時期、「蛍」の物語論を扱う論文が多くてね。あれはいけないと思ったね。作品そのものについて書くと感想文になっちゃうから、作品の中に書き込まれた理論的な文章をとりだしてくると美学的に操作できるから論文にしやすいんだよね。馬琴の『八犬伝』でも、「稗史七則（はいししちそく）」ってのが妙に論文の対象になることが多くて、それもその一種だ。T・S・エリオットなんかも、詩や戯曲より「伝統と個人の才能」なんていう分かりやすい評論のほうが有名だったりしてね」

「そうですか」

沈黙が流れた。小谷崎は立ち上がって、

「やっと暖かくなってきたみたいですね、最近」

とつぶやいた。

「ああ、一休みしましょうか」

と、垂髪きらりも立ち上がった。

飲み物が持ってこられて、垂髪きらりは紅茶を、小谷崎はコーヒーを啜(すす)った。小谷崎がふと、

「最近、こじらせ女子、とか言うでしょう」

と言った。

垂髪きらりと杉白江隆房が、

「ああ、なんか言いますね、そういうことを……」

「うーん、あれは何ですかねえ……。人を枠にはめるとかじゃなくて、何か若いうちからすべて呑み込んだようなことを言うための言葉みたいな気がして、引っかかりますね」

「ああ、そういえばそうですね」

と、杉白江。

垂髪きらりが、

「いやあ、あれは、非モテとかと似た、自虐ネタ的に使われているんじゃないですかね」

と答えた。小谷崎は、ふーむそうか、と言っていた。

「歳とるといろいろ若い人の文化が分かンなくなるんじゃないかな、とか時々思うんだけどね」

「それじゃ、若い人とつきあわないと」

杉白江が口をはさむ。

「うーん。いや、だけどね、私の場合、若いころから若い人の文化が分かってなかったというところがあるからね」

「ああ……」

「あ、先生すみません」

と、メモを整理していた垂髪きらりが、

「本文（ほんもん）批判ってありますよね。青表紙本（あおびょうしぼん）とか、大島本（おおしまぼん）とか……」

「ええ」

「ああいうのって、素人読者としてはどうつきあえばいいんでしょう」

「いや、別に知ってる必要はないわけです」

「ええ」

「ああいうのは専門家がやりとりしているのを、敬意をもって見ていればいいんじゃないですか。素人がテキスト・クリティークにまで口を挟む必要はないんです」

「はい……」

「しかし学問にも不公平はあってね。文学系ならそういう本文研究とか書誌学とか、光が当たらないわけよ。学士院なんかはむしろ、派手な人は採らないって方針でやっているけど、それでも書誌学とかは入らないなあ。それでおいしいところだけ作家とか有名学者がさらっていくとか言われるわけだけど、作家はまあそれでメシ食ってるんだからいいとして、昔は学者といえば大学教授だったわけだが、最近は博士号とっても定職に就けない人もいて、だんだん増えている。それでやっているのが地味な学問だったりしたら、踏んだり蹴ったりだよねえ。大きな声じゃ言えないけど、本物の芥川賞の選考委員なんか、大学教授が増えて来たしねえ。そこそこ売れる上に大学の給料ももらってるんで、いい身分だねえと」

「はい、はい」

垂髪きらりは、メモしているふりをしながら、「オフレコ、オフレコ」と書いていた。

十五分ほどして、トイレへもみな行ってきて再開し、垂髪きらりは、

「先生、『枕草子』は」

と訊いた。小谷崎は「あ」と小さな声を出した。

「随筆ですけど、どうしますか」

「……まあそんなこと言ってたらこの企画自体成り立たないんで、随筆でも和歌でもいいことにしたんですが、『枕草子』はなあ……」

「あまりお好きでない？　直木賞ですか？」

「いや、直木賞というのでもない」

『枕草子』といえば、『源氏物語』と双璧（そうへき）とされる平安中期女流文学の代表作だ。作者は清少納言で、紫式部とは宮中に仕えた時期が違うので会ったことはないとされる。

「そういえば、フィンランドの女性作家が清少納言について書いたのがありましたね」

「ああ、ミア・カンキマキ*ね。私もあれは読んだ。あの人、今は團十郎になった海老蔵の、四の切（しのきり）*（『義経千本桜*』の狐忠信（きつねただのぶ）のところ）を観てえらく感激してたねえ」

「あっ、私も好きですよ、狐忠信」

「私の世代では、前の猿之助の、それから宙乗りになるのが、何といっても記憶に残るねえ。でもまあ、全体としては、飽きるね」

歌舞伎は飽きる、飽きたというのは、最近の小谷崎の書くものにはよく出てくる。

「橋本治の『桃尻語訳』なんてのも、売れたねえ」

「みたいですね」

「高校の先生に受けが良かったみたいだね」

「ああいう、女子高生ノリみたいのが、おいやなんですか」

「……そうかもしれない。あと差別的なのもあったでしょう」

「ああ……」

〈にげなきもの　下衆の家に雪のふりたる。また、月のさし入りたるも、くちおし〉

とか、

〈短くてありぬべきもの　下衆女の髪〉

＊ミア・カンキマキ『清少納言を求めて、フィンランドから京都へ』（草思社、二〇二一）
＊四の切　浄瑠璃「義経千本桜」第四段の幕切れで、狐が義経の家臣・佐藤忠信に化けていたのがあらわれるが、義経が持っている鼓の皮がその母親のものだと知って義経が鼓を与え、喜んだ狐が軽快な動きを見せるところ。市川猿之助（三代、四代）が演じるとこのあと宙乗りになる。
＊義経千本桜　129ページ注参照。

とかいうのがあって、下層民を差別していると言われる。当時の貴族階級としては、普通の意識かもしれないが、それをこう憎々しげに言うあたりは、ちょっと引く、と垂髪きらりも思う。

「何かその、全体として激しい感じが嫌なのかなあ。あとね、「春は曙」ってのも、当時の春だから、一月なんです。ということは今でいえば二月ころかな。あれは『美少女仮面ポワトリン』ってのがあって、あれの主題歌が『十七の頃』っていうんだけど、そういう女子高生くらいの年齢の特権というかな。私が高校一年の初夏、夜になって島崎藤村の『破戒』を読み始めて、あまりに面白くて徹夜で読んでしまって、終わった時には夜明けだったのが、とても気持ち良かったんだ。でもそんな気分は十六、七でしか味わえないよね。だから『枕草子』は、少年少女の感覚を定着させている、大人にとってはちょっとつらい読み物というところがある……」

「……そうですか。私も少年少女じゃないですから、何となく分かります。じゃあ、やめにしておきましょう」

垂髪きらりの脳裏には、テレビのニュース速報で「『枕草子』、芥川賞に落選」というのが流れるのが思い浮かんだ。

小谷崎はしばらく、窓の外をじっと見ていた。

（なぜ自分は『枕草子』が嫌いなんだろう、と考えてでもいらっしゃるのかしら）

振り向いた小谷崎は、

「その代わりと言っては何だが……」

「はい」

「『大鏡』を入れよう」

『大鏡』は、平安時代の歴史を物語体で記したもので、のちに『今鏡』『水鏡』『増鏡』と書かれる「鏡シリーズ」の最初に来るものだ。大学受験で「だいこんみずまし」と言って覚えたものだ。『大鏡』は、藤原氏の摂関政治が始まって、道長が栄華を極めるあたりまで、『今鏡』はその続きの、院政が始まり、村上源氏が台頭してくるあたり、『水鏡』は薄くて、『大鏡』より前の時代を簡単におさらいしたもの、『増鏡』は『今鏡』の続きで、後醍醐天皇のあたりまで書いてある。

『大鏡』は、藤原道長が、兄たちとの抗争をへて第一人者になっていく過程を描いているので、道長に好意的でないと評価しづらい。

「先生は、藤原道長がお好きなんですか？」

「いやー、好きというか、その後の平家とか源氏とか、北条氏とか足利氏とか、最後は滅びていくわけだけど、藤原氏のうち御堂関白流ってのは、幕末まで摂関をやっていて、滅びてないんだよね。その滅びない感じってのが、なんかいい」

「……そうですか？」

「それでね、『栄花物語』を直木賞にしよう」

「あっ、はい」

『栄花物語』は、女流歌人の赤染衛門（あかぞめえもん）が書いたとされ、『大鏡』と同じ題材を、道長の栄華を讃える感じで書いたものである。

「谷崎潤一郎がこの『栄花物語』が好きでねえ。彼が『新思潮』で最初に載せたのは、これを題材に、道長に長女の彰子という、のち中宮となる、紫式部の主人が生まれた時のことを戯曲にした『誕生』なんだよ」

「そうでしたか」

「なんか谷崎のことを、最初は西洋派で、途中から日本美に開眼したとか適当なことを言う人がいるけど、当時は作家になろうなんて若者は英文科へ行ったんだよ、仏文科はなかったから。それを谷崎は国文科へ行ったくらい、元から国文学好きだったのさ。だからいずれは自分も道長みたいに栄華を極め、光源氏の六条院みたいに女たちを集めた屋敷に暮らしたいと最初から思っていて、それを実現したのが『細雪（ささめゆき）』だよ」

「そうなんですか。へえへえ」

と言いながら、垂髪きらりは右手を上下させた。

「何だい、『トリビアの泉』かい」

と小谷崎が言うと、あっすいません、と手を引っ込めたが、

「君も古いね、あれは二十年くらい前の番組じゃないか」

「いえ、YouTubeで昔のを観たんです」

「ああそうか……それで、何だっけ……」

「『大鏡』が芥川賞で、『栄花物語』が直木賞です」

「そうそう、そうだった……コーヒーのお代わりもらえない？」

編集者がお茶くみ業務をしてはいけないことになっているので、専門の人が来て小谷崎のカップを持っていき、お代わりを持ってきた。

「先生、さかのぼることになりますが、『うつほ物語』はどうですか？」

「ああ、いいね、これは……直木賞っぽいなあ。直木賞にしておくか」

「これは、長いですね」

「ああ、諏訪緑さんが『うつほ草紙』って漫画にしていたよね」

「そうでしたね。日本古典文学大系と新日本古典文学全集に入ってましたね。あと最近角川ソフィア文庫でも出ているし」

「古い大系のほうは、河野多麻(たま)って女の国文学者が校訂したんだけど、あれが評判が悪くてね、丸谷才一さんが、あれを放っておくのはどういうわけか、なんて言っていた」

「へえ、そうなんですか」

「河野多麻ってのは河野与一って人の奥さんでね、河野与一ってのは哲学者で古代ギリシャ語なんかもできる人で、東北大学を辞めて、岩波書店で専属の翻訳家みたいになって、『イソップ寓話』とかいろいろ翻訳した人なんです」

「ああ、それで、奥さんを押し込んだみたいな因縁があったわけですね」

「そうでしょうね」

「それで、『うつほ物語』の面白いところとか、読みどころというのは……」

「いやあ、それが難しいですね。あれは歌合(うたあわせ)の場面がいくつもあって、和歌がずらっと並んでいるから、そこは読み飛ばしてもいいんだけれど、それを除いても、面白いのは最初のところ、木のうろで子供を育てているところだけじゃないかなあ」

「そうですか……。じゃあ『蜻蛉日記(かげろう)』がありますね」

「そうだ、これは文句なしに芥川賞でしょう。私小説の濫觴(らんしょう)だからね」

「そうですね」

「『源氏』の先駆的作品でもあるわけだし」

「道長の父の兼家の愛人が書いたというわけで、紫式部とも関係が深いわけですね」

「そう。しかしこれは、兼家を恨んで書いたというのが昔の読み方だったけど、最近は、兼家も協力の上で、兼家家集（かしゅう）という意味もこめて作られたという説があるね」

「はあ。ほかに愛人がいることで恨んでいるということを書いてしまうのが、まあ、言えば、兼家の宣伝になる、みたいなことですか」

「まあ、そうだね」

「そういえば、あとで和歌のほうも芥川賞とかやるんですよね」

「やります。和歌を無視したら日本文学史が成り立たないから」

「平安時代とかの宮廷での和歌のやりとりって、恋の歌でも本気じゃないとか、ありますよね」

「ありますね」

「ちょっと、不思議な感じなんですけど」

「今でもフィクションとしての恋の歌ってのはありますけど、平安宮廷だと相手が目の前にいてやったりするからね。でも現代でも、カラオケで歌う時とか、冗談半分みたいな感じで「コクハク」しちゃったりするでしょう」

「ああ、なるほど……あるかもしれない」

「それが、冗談だと思ってたら本気だったとか、本気だと思ってたら冗談だとか、冗談だと思ってたらいつの間にかセックスしてた、とかあるでしょう？」

「い、いえ、私はそこまでは知りませんが」

ちょっと狼狽して垂髪きらりが口ごもった。

「まあ、そういうのがセクハラの温床になったりするから、だんだんなくなっていくのかもね」

「そうですか」

垂髪きらりは、小谷崎の顔を見ないようにした。

「藤原道綱の母、という人ですよね、作者は」

「そう。道綱は道長の異母弟……。右大将道綱の母とも言います。大将とか中将とかいうのは……これは垂髪さんはご存じだろうけど、読者のために言うと、近衛府の長官や次官の官名で、近代になって日本軍が設立されて、大将、中将、少将などができた時はこの律令制の名称を使ったんですね。しかし律令では「だいしょう」だけど近代では「たいしょう」で、中将は「ちゅうじょう」のままなのは、なんでかは知りません」

垂髪きらりは、ちょっとずっこけるふりをした。

「けれどこれは名門の子弟の名誉職になっていたので、大将とか中将とかいっても実際に武官として働いたわけではないです。衛門府や兵衛府は割とあとの方まで武官ばたらきはしていましたがね」

「シェイクスピアの史劇なんか読むと、リチャード三世とか割合戦場に出ていますよね」

「ああ、いいところに気づきましたね。日本の天皇は他国の王とか皇帝に比べると、文人化が早かったですね。初代とされる神武天皇――まあ、こんな人は実在しないけれど――は金のトビなんか止まらせて戦っているけれど、ヤマトタケルの頃になると天皇は出陣していない……神功皇后は出陣していますがね。壬申の乱の時は、まあどっちも皇子ではあるけれど、大海人皇子も先頭に立って戦ってはいなかったですね。……」

「右大将ということは、道綱も出世したのですね」

「まあ、異母弟とはいえ道長の弟ですからね。でも摂関にはなれないし、形だけの高位高官です。それに、残念ながら、才媛の息子でも、道綱は凡庸な才能の人でしかなかった」

「……そうなんですか」

「現代でもいますよねえ。親は有名な作家や学者で、息子がそっちへ乗り出したけれどしごく凡庸で、親が気の毒になるくらい、なんてのが……」

垂髪きらりは、さすがに、ゲホンゲホン、と咳をして、そういうお話は……と牽制した。

小谷崎も、まあその話はやめておこう、と引き下がり、す」

「ああ、それで思い出しました。芥川賞と直木賞をともに授与すべきなのが、『古事記』で

はあっ、と垂髪きらりは息を呑んで、手元に「こじき」とメモした。

「私はもちろん、右翼とか天皇制支持者ではないのですが、文学作品として『古事記』は大変優れています。純文学・大衆文学を総合した、とこの場合は言えます。小西甚一*の『日本文藝史』に、日本文学には英雄叙事詩がない、と書いてあったのですが、これは「叙事詩」というところが問題で、『古事記』は韻文ではないですからね。けれど内容的には、ヤマトタケルのところなんか、英雄叙事詩的とはいえるでしょう。……しかしヤマトタケルとか、神功皇后とか、ああいう英雄伝説がなんであそこに入っているのかは、謎ですよね。実在しないという説が有力で、神功皇后なんかは、白村江の戦いのことを過去に移して描いたとか言われるけれど、今となっては謎です。仮に神功皇后やヤマトタケルが実在しないとしたら、なにゆえ『日本書紀』にまでそのことが書かれているか。謎です」

「『日本書紀』と『古事記』は、どういう関係ですか」

「『日本紀』というのが正しいんですが、こちらは朝廷の正式な歴史書で、六国史へつながって、『続日本紀』『日本後紀』『続日本後紀』とつながっていきます。六国史全部を合わせて『日本紀』と呼ぶという説もあるけれど、それだと『日本後紀』というのがおかしいこと

になるから、まあ『日本紀』が『日本書紀』でしょうね。漢文が主なので平安時代にも読めました。『古事記』のほうが文学性が強く、変体漢文で書かれていて、歌謡は特殊仮名遣いで書かれているため、読みづらかったのが、徳川時代に本居宣長が『古事記伝』を書いて解読したとされています。けれど……大国主命と因幡の白兎とか、海彦山彦とか、ヤマトタケルとか、徳川時代までの俗文藝には全然出てこない。『日本紀』が読めたんなら、そこから派生してもよかりそうなもんですけどね。それが分からない。徳川時代浄瑠璃には、蘇我入鹿とか中臣鎌足とか用明天皇とかは出てくるんだが、それより前となると出てこないんだなあ。近代になって『古事記』が天皇制国家の聖典扱いされると、そこから武者小路の「日本武尊」とか山本有三の「海彦山彦」とか、青木繁の「わだつみのいろこの宮」とかが出てくるんだけど……」

「ああ、近代以前はそういうのは知られていなかったんですね」

「そうだねえ。一般には広まっていなかったから、文藝の題材にもならなかったんだろうね。

＊小西甚一（一九一五－二〇〇七）国文学者・比較文学者、筑波大学名誉教授。アール・マイナー、ロバート・ブラウアーと、勅撰集の配列についての論文も書き、長大な『日本文藝史』全五巻で大佛次郎賞を受賞した。

なぜなのか、もうちょっと突っ込んでみたいところだけど」

「『古事記』と『日本書紀』ってそんなに違うものですか」

「神野志(こうのし)隆光＊という東大の教授だった国文学者がいて、違うと言っているけど、私にはまあだいたい同じじゃないかという気がする。たとえば、イザナミの岩戸隠れのところで、アメノウズメ命がストリップをするでしょう。あれは『書紀』ではわりあい違っていて、ストリップ風には踊っていない」

「ああ、そうなんですか」

「あとはヤマトタケルは、『古事記』ではいきなり兄の大碓命(おおうすのみこと)を殺してしまうんだが、これも『書紀』にはない。概して『古事記』のほうが荒々しくて古代的なのかもしれないね」

「梅原猛が書いて、前の市川猿之助がやった『ヤマトタケル』がありましたね。ビデオで観たことがあります」

「うーん、私は新橋演舞場で観た気がするけれど、あれはちょっとパセティックすぎる気がするなあ。梅原さんが内部に孤独を抱えた人だからか、それが出ている。もうちょっと荒々しいヤマトタケルが本来のような気もするし、私は第二国立劇場ができた時に上演された團(だん)伊玖磨(いくま)のオペラ「建・ＴＡＫＥＲＵ」が好きなんだけど、あれを好きだって人はほかにいないんだよね」

そう言って、小谷崎はちょっと寂しそうに苦笑した。

「しかしあの、最後の、白鳥になって飛んでいくってところは、原文で見てもちょっと分かりにくいな」

「……でもやっぱり先生には『古事記』はすばらしいわけですね」

「そうだねえ。私はギリシャ悲劇とかギリシャ神話が好きなんだけど……まあ二十世紀以後の人はたいていあれが好きなんだが、『古事記』は多神教の世界だからか、ギリシャ神話に通じるものがあるね。でもキリスト教の『聖書』には、一神教だからか、どうにもなじめないものがある。ああいうのは日本にはないね。あなたはキリスト教の学校とか、行ったことある？」

「いえ、ないです」

「そうか……。それを神道的な世界観だと言う人もいるんだが、私はそれも違う気がしていて、明治以降の天皇制イデオロギーというのは、多神教的ではない、むしろ一神教的なもの

＊神野志隆光（一九四六－　）日本古代文学者、東大名誉教授。『古事記と日本書紀』など。

＊佐伯彰一（一九二二－二〇一六）アメリカ文学者、文藝評論家。東大名誉教授。『自伝の世紀』で読売文学賞、藝術院会員。

で、今日にいたるまでそうなんじゃないかという気がしている」

垂髪きらりは「ちょっと危ない話」とメモに書いた。

「佐伯彰一*先生なんかは、『源氏物語』を生んだのは日本の神道文化だと言うんだが、私には違う気がするなあ」

「先生、今日はこのあたりでお開きにしてはどうでしょうか」

垂髪きらりが切り出した。確かに、やや日暮れが近づいている感じもあるし、早めに帰らないと通勤ラッシュに引っかかってしまう。

「そうですね。じゃあ次回は、和歌をまとめてやるということにしましょう。だからあなたも勉強しておいてください」

「『万葉集』は講談社文庫のを持ってるんですが、それでいいでしょうか」

「ああ、いいですいいです」

第2章

和歌～古代から平安まで

「四月は残酷な月、か」

と立ったまま小谷崎淳が口にした。『文藝雷電』の編集者・垂髪きらりは、

「エリオットですか」

と言った。Ｔ・Ｓ・エリオットのモダニズム詩として名高い『荒地』の有名な一節である。

「うん」

と座りながら小谷崎は、

「私はこの詩全体はよく分からないんだけどね、この言葉を聞くと、あることを思い出さざるを得ないんだ」

「どんなことでしょうか」

「私が大学院生の時にね、四月になると大学へ行くでしょう。桜の花が咲いていて、新入生もいて、院生でも新しい顔ぶれがいて、フレッシュだ。そして新しい教員も入ってきて、院生としては、ああ、こういう人が四月から教員になるんだ、ということを、便覧とか見ては新鮮に感じるわけだ」

「はい」

「それでね、恥ずかしい話だが、当時は私も若いから、いずれは私もどこかの大学の助教授——当時は准教授とは言わなかったからね——でもやってから、こうして新任の東大助教授

として戻ってきて、便覧に名前が出る、ということを夢見ていたわけだ」

垂髪きらりは、小谷崎の言いたいことが分かって、ちょっと「はい」と声が小さくなって、下を向いた。

「でも、なれなかった。小説なんか書いたから悪いとか、言うことはできるが、小説書いていて東大教授になった人だっていないわけじゃない。ある秋ごろだったか、小谷崎が来年度から東大に決まったってデマが飛んだことがあってね、もちろん私が聞いてないんだからデマだが、なんであんなデマが飛んだのかは今でも分からない。むしろ悔しい気持ちもするねえ、そういうことがあると。四月は残酷な月、と聞くと、私は真っ先にそのことを思い出してしまう」

「人生って、つらいですね」

「まあ、しょうがないよ」

「ところで、『荒地』ってのは、いい詩なんでしょうか。私にはよく分からないんですが……」

「私にも分からない」

「でも、日本にも『荒地』って詩の雑誌がありましたよね」

「そうだねえ。田村隆一（りゅういち）とか、鮎川信夫（のぶお）とか」

「そういう人たちの解説とか……」

「今のところ、いいのは見つかってないねえ」

「そうですか」

垂髪きらりは、話を戻して、

「『万葉集』*、講談社文庫で読んできました」

「えらいえらい」

「あれは、中西進*先生ですよね」

「そうです」

「……確か前に、中西さんは国文学では異端だって、おっしゃってませんでした？」

「私が？　ああ、言ったかもしれない。実際そうだし」

「それでも文化勲章とってますよね」

「そこは複雑なところでね。学界での評価に比較的近いのは、学士院会員でね、文化勲章は一般世間での人気が重視されたりするから、ずれるんだよ」

「中西さんは、なんで異端なんでしょう」

「まあ一つには、一般向けの本をたくさん書きすぎてるってことと、梅原猛の古代史に関する説を一定程度認めてしまったということからじゃないかな」

「ああ……でもまあそれは、作品そのものとは関係ないので端折るということで、『万葉集』はあまりに膨大だし、作者もたくさんいてアンソロジーなので、歌人個別に授与するということでいいですか？」

「ああ、いいと思うね」

「まずは、どなたから」

「どなたってこともないけど、人麻呂でしょう」

「じゃーん、柿本人麻呂*さん、堂々の『万葉集』第一位芥川賞、ってとこですね」

「……どうしたの」

「いえ、先生がちょっと元気がないかなと思って」

万葉集　全二十巻の詞華集。勅撰和歌集ではないがそれに準ずる。八世紀以後の成立とされ、柿本人麻呂、天智天皇、天武天皇、持統天皇、額田王（ぬかたのおおきみ）、大伴家持（やかもち）、大伴旅人（たびと）、大伴坂上郎女（おおとものさかのうえのいらつめ）、山上憶良（やまのうえのおくら）ら多くの歌人の和歌、旋頭歌（せどうか）、長歌のほか、防人歌、東歌なども収める。

*詞華集　英語のアンソロジーの訳。複数の詩人による詩集のことで、本来の意味は花束。今では小説についても言う。一人の作家の短編集をアンソロジーと名づけている例もあるが誤用である。

*中西進（一九二九－　）国文学者、国際日本文化研究センター・京都市立芸大名誉教授。文化勲章受章。『中西進著作集』『万葉集』全四冊、講談社文庫。

「いいよ、そんなことしなくても」

「何か人麻呂さんの代表作を一つ、お願いします」

「足ひきの山鳥の尾のしだり尾の……」

「長々し世を一人かも寝む！　『百人一首』ですね」

「そうです」

「あ、そういえばプッチーニの『蝶々夫人』にヤマドリって男が出てきますね。あれはこの和歌からでしょうか？」

「あれはもともとルーサー・ロングの小説がもとだけど……そうかもしれない」

「足ひき、って何でしょうか」

「山の枕詞ですね。何でも、山へ登るとこむらがえりを起こすので、足がひきつる、で足ひき、じゃなかったかな」

垂髪きらりは、右足を伸ばして、ひきつる様子をやってみせた。小谷崎も右足を伸ばして、同じしぐさをした。

「ナルホドー。でも和歌ってそういうところが不思議です。遠い古代のものなのに、こんな風に理解できてしまうあたり」

「徳川時代の俳諧のほうが下手すると難しいですよね」

「そうそう！」

「あれはね、古代和歌ってのは月みたいなものなんです」

「月？」

「ええ、月は遠いところにあるけれど、ここからでも見えるでしょう。それに対して、福岡市は月よりは近いけれど、ここから見ることはできない。徳川時代は福岡市みたいなものなんです」

垂髪きらりは、いくらか口を開けて、ということはポカンとして、と訊いた。

「江戸時代が福岡なんですか。……先生、福岡に何か思い出でもおありですか」

「いや、そうではないですが……」

＊柿本人麻呂（六六〇？－七二四）「万葉集」最大の歌人とされる。天武・持統朝に仕えたが、身分は低かった。

・東（ひむがし）の野にかきろひの立つ見えてかへり見すれば月西渡（かたぶ）きぬ
・淡海（あふみ）の海（み）夕波千鳥汝（な）が鳴けば心もしのにいにしへ思ほゆ
・石見のや高角山の木の間よりわが振る袖を妹見つらむか
・鴨山の岩根しまける吾をかも知らにと妹がまちつつあらむ

「あと、『万葉集』を代表する歌人といえば、大伴家持*、大伴旅人、額田王*（女流）、山上憶良*とかいるわけですが……」

「いやあ、でもその人たちにいちいち芥川賞を授与していても、あまり面白くはないでしょうから、やめておきましょう」

「そうですか。ではそのように。それじゃ先生、万葉調と古今調についてちょっと解説していただけませんか。それから『古今和歌集』からあとの歌人へ行くということで」

「そうですね。まあ和歌には大別して万葉調と古今・新古今調があるわけで、万葉はますらおぶりとか、古今・新古今は古典派とか言われますが、真情を激しく歌ったのが万葉調、むしろ技巧的に心理を歌ったのが古今調、本歌取りみたいに、さらに技巧を凝らしたのが新古今集ということになりますか。『万葉集』は奈良時代あたりに編纂されたもので、編纂者ははっきりしませんが、これは勅撰集ではないです。最初の勅撰和歌集が『古今和歌集』で、選者は紀貫之（つらゆき）*なんかですね。それから後撰（ごせん）和歌集とかずっと続いて、平安末期に藤原俊成（しゅんぜい／としなり）*が『千載（せんざい）和歌集』、息子の藤原定家（ていか／さだいえ）*が『新古今和歌集』を編纂して、ずうっと勅撰和歌集が室町時代まで続いて二十一代集と言われます」

「江戸時代にも香川景樹（かげき）とかが和歌を詠んでいますが、これは古今調ですか」

「まあそうです、古今・新古今調ですね。そして明治になって、正岡子規が万葉調復活の

＊大伴家持（七一八？－七八五）大伴旅人の子で、武門の家柄。

・うらうらに照れる春日にひばりあがり心悲しも独りし思へば

＊額田王　天智・天武＊の兄弟に愛されたという三角関係伝説がある。

・熟田津（にきたつ）に船乗りせむと月待てば潮もかなひぬ今は漕ぎ出でな

・あかねさす紫野行き標野（しめの）行き野守（のもり）は見ずや君が袖振る

＊天武天皇（大海人皇子）

・紫草（むらさき）のにほへる妹を憎くあらば人妻ゆゑに我恋ひめやも

これが額田王を歌った歌とされるが、のち堀辰雄がヴァレリーの「風が立った、いざ生きよう」を、間違えて「風立ちぬ、いざ生きめやも」と訳したのはこれから来る。これでは「生きるのだろうか」になってしまうから誤訳である。堀は東大国文科卒なのだが……。

＊山上憶良

・瓜食めば　子供思ほゆ　栗食めば　まして偲（しの）はゆ　何処（いづく）より　来たりしものぞ　眼交（まなかひ）に　もとな懸りて　安眠（やすい）し
寝（な）さぬ

・銀（しろがね）も金（くがね）も玉も何せむにまされる宝子に如（し）かめやも

・貧窮（びんぐう）問答歌

＊紀貫之（八六六？・八七二－九四五）

・人はいさ心も知らずふるさとは花ぞ昔の香ににほひける

狼煙を挙げると」

「貫之は下手な歌よみにて、ってやつですね」

「そうですね。貫之と『古今和歌集』がくだらん、万葉集がイイ、と言って、近代万葉調の最大歌人となったのが斎藤茂吉、子規は和歌も俳句も創始したから、俳句のほうは高浜虚子と碧梧桐が後を継いで、子規は若くして結核で死んでしまう」

「それからはずっと『万葉集』が偉いということで戦後まで来たわけですか」

「岩波新書で茂吉の『万葉秀歌』とか出ていたから、概してそうでしたね。それを大岡信*とか梅原猛*が、古今集の復権を唱えるわけです。梅原は茂吉の人麻呂論を伝記的に批判して『水底の歌』を書いたんです。茂吉は、人麻呂は官位は低かった、天武朝のころには老人だったとしたんだけれど、梅原は年齢を若くした上に、四位くらいの高い地位にいたのが、天皇の怒りに触れて官位を落とされ、「サル」という名にされたという仮説を立てて、柿本佐留という人とか、猿丸太夫と同一人物だという説を立てて、話題になって大佛次郎賞までとったわけです。ところが、益田勝実という国文学者が、梅原が人麻呂と同一人物だとした「柿本佐留」について、『続日本紀』に「卒す」と記されているのについて、「卒す」は高い官位の人についての表現だと言い、梅原は、それまでに人麻呂の罪は許されていたというなら、なぜ名前を変えられた佐留のままなのかという決定的な矛盾を指摘したために、完全に

＊藤原俊成（一一一四－一二〇四）、藤原定家（一一六二－一二四一）「御子左家」と呼ばれ、和歌の家として知られた。俊成は『千載和歌集』、定家は『新古今和歌集』を編纂した。俊成の弟子に平忠度があり、平家の都落ちの時、自詠の巻き物を師に託した。その内の一首「行き暮れて木の下蔭を宿とせば花や今宵の主ならまし」が、唱歌「青葉の笛」の二番の歌詞に「花や今宵」として出てくる。俊成は忠度の歌を「詠み人知らず」として『千載和歌集』に一首入れた（65ページ注参照）。定家の子の代で二条家と冷泉家に分かれた。俊成は『源氏物語』を重んじ「源氏見ざる歌よみは口おしきことなり」と言った。「もののあはれ」も御子左家の用語である。定家には長大な日記『明月記』があり、源平合戦、承久の乱の二度にわたり「紅旗征戎吾事に非ず」と書いている。

＊岩波新書　戦前は赤版で表紙が赤だったが、戦後青版になる。一九七七年に黄版になったが、わずか八年で一九八五年に新赤版になり、三十八年も続いている。普通は内容で色分けするのだが、単に時代ごとに色が変わっていて、どういう意図なのか不明である。

＊大岡信（一九三一－二〇一七）東大国文科卒の詩人で、明治大学、東京藝術大学教授を務めたが、「朝日新聞」の「折々の歌」で名をあげた。新聞には「歌壇・俳壇」欄があるが、それと戦い続けたという話である。代表的著述は『うたげと孤心』であろう。

＊梅原猛（一九二五－二〇一九）京大出身の哲学者で、国際日本文化研究センターを京都に設立し初代所長、文化勲章受章。四十代で『地獄の思想』『隠された十字架』『水底の歌』とヒットを飛ばした。

破綻してしまった。梅原はついに最後まで自分の間違いを認めないで、政治力で文化勲章までもらってしまった。国文学者である程度梅原を認めてしまった中西進が異端だというのも、だいたいこの辺の話です」

「……それはちょっと、オフレコにしますかねえ」

「いやあ、普通に書いてありますよ、井沢元彦の小説『猿丸幻視行』にも書いてある」

「でもそれは伝記の話ですよね。実際のところ、万葉集と古今集と、どっちが優勢なんでしょう」

「大岡信の『紀貫之』というのもあったけど、やっぱり『万葉集』のほうが人気が高いみたいだし、私も『古今集』はあまり感心できないねえ」

「そうですか。私も万葉のほうが好きです！」

「『新古今』とか後鳥羽院のあたりはまだいいんだけど、『古今集』はツライところだよねえ……」

「はあ……」

「でも貫之には『土佐日記』があるから、あれで芥川賞を上げることにしよう」

「はっ、和歌ではダメで『土佐日記』で当選ですか」

「そう」

「あれは、女のふりをして書いたということになってますね」

「当時は、男は漢文を書くというのが建前で、漢文は「男手」と呼ばれ、かなの文章は「女手」と呼ばれたからね」

「そういえば、高校の古文の時間には、和歌の詞書（ことばがき）が発達して物語になった、と教わりましたね」

「それで『伊勢物語』から『うつほ物語』になり『蜻蛉日記』になり『源氏物語』になったという発展段階だね」

「そうです」

「でも、それだと『古事記』や『日本書紀』はどうなのかな。あれは和歌の詞書とは関係ないでしょう」

「それじゃあ、詞書からの発展説は間違い？」

「今では一般的な説じゃないと思うね」

「そうですか……『伊勢物語』はどうですか」

「あれは在原業平*の家集ということになっているね。落語の『千早ぶる』は業平の歌をネタにしているけど、あれは百人一首の中でも、大した歌じゃないほうだな」

「ええと……そうですね」

「落語は大正から昭和にかけてのものだと私は思ってるけど、当時、在原業平が「いい男」だという一般認識があったってことかな。そう言ってるしね」

「六歌仙ですね」

「そう、小野小町*、喜撰法師、大友黒主、業平、あと誰だっけ」

「文屋康秀、僧正遍照です」

「ああそうか」

小谷崎は、よく予習しているなという感じで目を細めて垂髪きらりを見て、

「私は何かね、小町の百夜通いで深草少将が死んじゃったとか、業平の話とか、ピンと来ないんだよ。面白くない。いかにも昔の話という感じがする。なんか一心太助みたいな、昔はよく知られていたんだね、という感じ」

「それは、分かります」

「あと当時の歌物語として『大和物語』とか『平仲物語』とかあるけれど、『大和物語』は、能楽の『求塚』の典拠になった「菟原処女」伝説……そういえばあなたの姓もこれと同じだね」

「あ、そうですね。でも私は特にウナイオトメさんとは関係ありません」

小谷崎はこれを聞いて、笑いだした。

垂髪きらりは、「す、すいません」と言いながら、自分でもプッと噴きだして、

「そりゃ関係ないに決まってますよね」

と言って笑った。しかし小谷崎は真顔に戻って、

「いや、もしかしたらあるかもしれないけどね」

と言い、

＊在原業平（八二五－八八〇）
・ちはやぶる神代も聞かず竜田川からくれなゐに水くゝるとは
・世の中にたえて桜のなかりせば春の心はのどけからまし
・から衣きつつなれにしつましあればはるばるきぬる旅をしぞ思ふ
・名にし負はばいざこと問はむ都鳥わが思ふ人はありやなしやと
・月やあらぬ春や昔の春ならぬ我が身ひとつはもとの身にして

＊小野小町（生没年不詳）
・花の色は移りにけりないたづらに我が身世にふるながめせし間に
・思ひつつ寝（ぬ）ればや人の見えつらむ夢と知りせば覚めざらましを
・わびぬれば身を浮草の根を絶えて誘ふ水あらば往（い）なむとぞ思ふ
・うたた寝に恋しき人を見てしより夢てふものはたのみそめてき

「ええと、何だっけ、そうだ、『大和物語』、そういう典拠としての意味以上のものは見いだせないなあということで、『伊勢』『大和』は授与なし」

「なしですか……『伊勢物語』なしは、厳しいですね」

またも垂髪きらりの脳裏には「『伊勢物語』芥川賞受賞ならず」というニュース速報が思い浮かんだ。

「あとねえ……和歌つながりで、和泉式部*というのがいるな」

「あっ、私、和泉式部、好きです」

「そうだろうねえ。伝記もあるし、歌は分かりやすいし、人気あるんだよあの人。だけど、『和泉式部日記*』には創作説もあるでしょう?」

「あ、そうみたいですね。藤原俊成が書いたという説も……」

「川瀬一馬(かずま)説ね。どうも、和泉式部というのはねえ。私は、直木賞を与えようと思っている」

「あ、直木賞ですか」

「ちょっと通俗的なところがあるんだよねえ。恋多き女とか、イメージ的に」

「そうですか」

「『古今和歌集』の歌にも、女流歌人の歌で通俗的なのがある。

「君や来し我や行きけむおもほえず夢か現かねてかさめてか」(伊勢)
「思ひつつ寝れば(ぬ)や人の見えつらむ夢と知りせば覚めざらましを」(小野小町)
みたいなのね。しかしこれを考えると、古今集が子規が言うように「つまらない」歌集かどうかは、ちょっと疑問に思えてくるんだ。子規は女性関係といえば、妹が熱心に看病していたのが有名だけど、やっぱり根がマッチョ趣味だったんじゃないかと思うね」
「あ、先生、それじゃ、子規にもある種のかたよりがあった、ってことですね」
「そうなんだよね。俳句にはもともとあまり恋の俳句ってのはない。いやないこともないんだが、和歌ほどに恋が重要な位置を占めていない」
「じゃあさっきの、万葉古今優劣論も、その観点から見直してもいいということですね」
「そうだね。子規には恋歌への偏見があったんじゃないかと。茂吉といえば、中野重治の『斎藤茂吉ノオト』で、性的な短歌があると指摘されているけれど、性的と、恋歌というの

＊和泉式部(十世紀末から十一世紀)
・あらざらむこの世のほかの思ひ出に今ひとたびの逢ふこともがな
・物おもへば沢の蛍も我が身よりあくがれ出づる魂(たま)かとぞ見る
＊和泉式部日記　藤原俊成作という説は川瀬一馬校訂の講談社文庫に詳しい。

はまた別のものだからね」

「うーん、今のは目からウロコが落ちました」

「丸谷さんもけっこう恋と文学の話はしたんだけど、あの人は反私小説派なんだよね。しかし私小説はゴシップ的でもあり、性的でもある。そこをちゃんと評価できなかったのが丸谷さんの落ち度じゃないかな」

「いいですね」

垂髪きらりがメモを整理し、小谷崎はコーヒーを啜った。

「『更級日記』がありますね」

「ああ、いいですね。菅原孝標女、いい私小説であり紀行文ですが、これが残ったというのは、当時の人も価値が分かったということを意味しますね。これは芥川賞で文句なしでしょう」

「乗代雄介の『十七八より』のタイトルの元ネタでもありますね」

「乗代……そんな人、いたねそういえば。面白いの？」

「いえ……ロリコンじゃないかと言われています」

「へえ……面白そうだね……まあ『更級日記』は、何だか現代の核家族の様子を女子高生が描いているみたいな感覚があって、私は『枕草子』よりはずっと好きですねえ」

「そうですねえ」

「中学生や高校生の時って、一日一日頭や体が成長していくわけでしょう。一年前には読めなかった小説も読んで分かるようになる、すばらしい時期なんだけど、そのことに気づくのは大人になってから、いや初老になってからかもしれなくて、当人たちは毎日大変な日々を過ごしている気持ちでいるわけだよね。面白いねえ」

「そうですね」

「しかしこの平安時代文学の中に『更級日記』があるのは、実にホッとするねえ。『源氏物語』もいいけれど、こういう小さないいものも好んで残しておいたというのは、日本文学のいいところだと思うね」

「そうですか」

垂髪きらりがニコニコした。

「それで、その同じ人が書いたともされる『夜の寝覚(ねざめ)』はどうでしょうか」

「ああ、全部残っていたら『源氏』に匹敵していたと言われる王朝物語ね。あれもいいね。じゃあこちらは直木賞にして、もし孝標女ちゃんが両方書いていたら、こっちで芥川賞、こっちで直木賞ということにしよう」

「はい」

言いながら垂髪きらりは、今の「ちゃん」という言い方は問題かもしれない、と考えをめぐらせていた。

「あと『狭衣（さごろも）物語』とかありますね」

「あーあれはねー、中村真一郎*が、救いのない気持ちになるとか言っていたやつねえ」

「『色好みの構造』ですね」

「そう。確かにあれは、何かバランス悪いんだよねえ。直木賞、って感じでもないし」

「『狭衣物語』は、じゃあ、何もなしになりますかね。『とりかへばや物語』は、どうですか」

「あれはねえ、男に扮装していた娘のほうが、セックスしようとしたら処女だったというところがあって、平安時代の人間でも処女という意識はあったということが分かるから、処女なんてのは明治以後の概念だみたいな論への反証になっているところがいい。けど、文学作品として優れているかどうかは、疑わしいなあ」

「そうですか……河合隼雄（はやお）*なんかが論じてましたね」

「まあ、ああいうユング心理学の材料に使われてしまうあたり、かえって良くないとも言える」

「じゃあ、まあなしにしますか」

「……鎌倉時代と室町時代の王朝物語というのが、わんさとあるんだよね」

「ええ」

「あれがまあ、あらかたは『源氏物語』の末流なんだが、現代の小説というのは、日本だけじゃなくって世界的に、十九世紀から二十世紀はじめの小説の末流みたいな感じがするね」

「そうですか」

「そう。だからまあこんな感じで二、三百年続くんじゃないかねえ」

「ということは、『浜松中納言物語』とか『堤(つつみ)中納言物語』とかは」

「おっ、『堤中納言』には『風の谷のナウシカ』の元ネタとされる「虫めづる姫君」があって、文学史的な価値が高いから、これに芥川賞をやろう」

「「虫めづる姫君」だけにですか?」

「そう。だってあれは全体としてはまとまりがないもの。英訳では「バンクサイド・カウン

＊中村真一郎『色好みの構造』（岩波新書）平安朝文学の「色好み」を論じて、『狭衣物語』のような、片思いの恋は救いがない、そういう世界へ入り込まないように、セックスに没頭する「色好み」の生活をしたのではないかと論じている。

＊河合隼雄『とりかえばや、男と女』（新潮文庫）ただし著者は未読。ユング心理学はオカルトなので。

セラー」とか訳してあるけどねえ……」

「『風の谷のナウシカ』はいいですか」

「いいねえ。あれは私が大学生のころの映画で、友達と一緒に観に行く約束をしたのに、我慢しきれなくって一人で有楽町で観てきた。滂沱たる涙を流して、終わっても立ち上がれなくて、そのあとホームズを二本やるのを観てから、もういっぺん観た」

「初めて観たらすごい感動だったでしょうね」

「原作のマンガは読んでいたけど、あれは鉛筆描きで全然アニメとはタッチが違ったし、カラーだったから、はじめは違和感があったんだけど、細野晴臣が作って安田成美がデビューして歌った主題歌が、テレビのＣＭなんかでは流れているのに、実際には使われなかったんで、あれ？　となったけど、ああいうのはすごい宮崎駿の判断力だよねえ」

「いいですねえ」

「でも、あとになって、何で泣いちゃったかと言ったら、巨神兵が最初に一撃で王蟲の群れを爆発させるでしょ、あの爆発に感動して涙がどっと出て来たんだ。その爆発シーンをやったのが庵野秀明というわけでね、それはあとで知ったことだけど」

「そうでしたか」

「さて、話を戻そう。あと『松浦宮物語』っていう藤原定家が書いたのがあるけど、これはさすがにつまらない。昔角川文庫に萩谷朴の注釈のがあったけど」

「すると、えーと、和歌ですかね。『千載和歌集』と『新古今和歌集』」

「そうだね。しかしこれも、歌人別に言うなら、俊成*、定家*、あとまあ後鳥羽院*だね」

「西行*は？」

「ああ……」

---

*藤原俊成（一一一四－一二〇四）九十歳の長寿を保った。皇太后宮大夫。薩摩守忠度の歌を『千載和歌集』に「詠み人知らず」として入れたのは「さざなみや 志賀の都は 荒れにしを 昔ながらの 山桜かな」。

・夕されば野辺の秋風身にしみて鶉鳴くなり深草の里

*藤原定家（一一六二－一二四一）日本三大歌人の一人に数えられることもある。『源氏物語』も、現在に伝わる形に編纂したのは定家だとされ、二文字または三文字の巻名も定家によるものだろう。

・見渡せば花も紅葉もなかりけり浦の苫屋の秋の夕暮れ

・来ぬ人をまつほの浦の夕なぎに焼くや藻塩の身もこがれつつ

・春の夜の夢の浮橋とだえして峰に別るる横雲の空

*後鳥羽院（一一八〇－一二三九）一二二一年、北条義時の討伐を掲げて承久の乱を起こすが、たちまち上洛した鎌倉幕府の軍勢に敗れ、隠岐島へ流刑となり、そこで没した。

・人も惜し人も恨めしあぢきなく世を思ふゆゑに物思ふ身は

・我こそは新島守よ隠岐の海の荒き波風心して吹け

小谷崎は額に手を当てて、少し目をつぶって考える風だった。

「西行はどっちかというと、伝説で知られる歌僧なんだよね。高貴な女性への恋に破れて出家したみたいな……。恋の相手を待賢門院璋子だと言う人もいるけど、これは違うだろう。実際は、友人がある日突然若くして死んでしまったのにショックを受けて出家した武士……というあたりが妥当だろうね。で、その和歌といえば「願わくは……花の下にて春死なんその如月の望月のころ」……」

「有名な歌ですね」

「う～ん……何か若者が酔いしれそうな歌なんだよなあ。『山家集』も読んだが、果たしてそんなに優れた歌人か……という気がする。まあ、勅撰和歌集というのは優れた和歌を集めたものだから、そういうのを先に読んでから個人の私家集を読むとどうしても見劣りがするんで、『山家集』もそういうところは、あるけどねえ……」

「でも「心なき身にもあはれは知られけり鴫立つ沢の秋の夕暮れ」があるじゃないですか」

「ああ、そうか。それはいい歌だな。じゃあそれで芥川賞にするか」

「一首で決めちゃうんですか」

「いや、総合的に見てね」

「ええと、式子内親王*はどうですか」

「うーん、竹西寛子さんも書いているくらいだからなあ。けど……「玉の緒よ絶えなば絶えねながらへば忍ぶることの弱りもぞする」か……。あまり進んで授賞する気にはならないな」

「では、なしにしましょう」

「『平家物語』はどうなりますか」

「さあ、これは大問題だ。今日はこれの話を終えたらお開きにしましょう。私は最近、『平家物語』をどう位置付けるかというのは日本文学史をどう考えるかということにつながる重大問題だと思ってます」

「そうなんですか」

＊西行（一一一八－九〇）俗名・佐藤義清（のりきよ）。家集に『山家集』。失恋して出家の伝説では、相手の女に「あこぎ」と言われたというものがある。これは「阿漕（あこぎ）が浦に引く網のたびかさなれば人も知りなむ」という古歌（こか）による。

・心なき身にもあはれは知られけり鴫（しぎ）立つ澤の秋の夕暮れ

・嘆けとて月やは物を思はするかこち顔なるわが涙かな

・年たけてまた越ゆべしと思ひきや命なりけり小夜（さよ）の中山

＊式子内親王（一一四九－一二〇一）後白河天皇の皇女。藤原定家と和歌を通じて関係が深かった。

「まず、笑い話があって、『平家物語』を先に知っていた人が、これが平家が没落する話だから、『源氏物語』は源頼朝が台頭する話だと思っていた、というのがある」

「ああ、作り話でしょうけど、ありそうですね」

「あと、丸山健二[*]という昔の芥川賞作家がいて、昔から現代文学を痛罵して、自分は信州に籠って孤高の人をやってるんだけど、『真文学の夜明け』という現代小説批判の書で、規範とすべき古典として、『白鯨』つまり『モービィ・ディック』ね、それから『ツァラトゥストラかく語りき』、そして日本から『平家物語』と『徒然草』をあげているんだが、この四つをあげたということで、どう思います?」

「……マッチョ趣味、ですか?」

「そうです。『モービィ・ディック』を書いたメルヴィルは、「リップ・ヴァン・ウィンクルのライラック」という詩で、女性嫌悪を明らかにしている。レスリー・フィードラー[*]が『アメリカ小説における愛と死』で、十九世紀のアメリカ小説は女性からの逃走ばかり描いていると言っているが、『モービィ・ディック』はその最たるものなんだ。ニーチェというのも、気が狂ってからは妹に世話されたみたいだが、妹というのはミソジニー男にとっては特別な存在なんだね。ニーチェ思想というのは、きわめてミソジナスで、男性中心的だと私は思う」

「はいはい」

垂髪きらりは、本心から興味をもってメモをとっていた。

「さらに、『源氏物語』ではなく『平家物語』、『枕草子』ではなく『徒然草』というあたりに、丸山健二の強烈な女嫌いとマッチョ志向がうかがわれるね」

「そういえば、そうですね」

「『源氏物語』と『平家物語』って、やっぱり中世の人も何となく対にして考えていたと思うんだよ。片方は女による女性的で軟弱な物語、片方は武士を描いたマッチョ的な物語としてね。「光る源氏の物語」とか題名だって確定していなかったのが、『平家物語』と対になるように『源氏物語』になっていったわけだから」

「はい」

「ただ、その一方で昭和二十年の敗戦までは、『平家』は『太平記』と対をなす、中世の二大軍事物語だった。『平家』は諸行無常、『太平記』は南朝方の正統性を訴えているというが、

＊丸山健二（一九四三－　）『夏の流れ』で芥川賞を受賞、二十三歳で当時最年少であり、綿矢りさに破られるまで最年少受賞者。ほかに映画化された『ときめきに死す』や、『千日の瑠璃』などがある。

＊レスリー・フィードラー『アメリカ小説における愛と死』新潮社から翻訳が出ている。

それほどはっきりしたものではない。むしろ、敗戦後になって『太平記』がタブーになってしまったことの方が問題だね。吉川英治は戦後になって、戦前は悪人とされた足利尊氏を主人公に『私本太平記』を書いたと言われているが、実際に戦前、尊氏を悪人扱いしたのは、大佛次郎の『大楠公（だいなんこう）』という、戦時中に書かれた時局ものくらいしか知らない。小学校の教科書では尊氏は悪人だと書いてあるが、大人向けのものでは尊王家だと書いてあったね」

「吉川英治が書いても、『太平記』は戦後は落ち目になっていったと」

「映画とかドラマにならなくなったからね。大河ドラマで九〇年に初めてやった時は、網野善彦のブームもあってちょっと盛り上がったが、それから三十五年たって、やっぱりダメだったね。あとまあ『平家物語』は能楽とか浄瑠璃の元ネタになったことは『太平記』以上だったから、元から強い部分もあったが、戦後は木下順二の『子午線の祀（まつ）り』とかもあって、『平家』の一人勝ちみたいになってしまったね」

「……先生は、『平家』、お嫌いですか」

「うん、まあ結論から言えばそういうことになるんだけどね」

と言いながら、小谷崎はカバンから一冊の文庫本を出した。大塚ひかり著『女嫌いの平家物語』ちくま文庫、であった。

「これは、不思議な題名だけど、実に本質を突いているね」

「つまり『平家』は、ミソジニー文学だということですか」

「そうです。これ、元本はでも『男は美人の嘘が好き――ひかりと影の平家物語』で、こちらはさらに題名がわけが分からないし、著者もいくらか苦労していて、何が言いたいのか今一つ伝わらないところがある。ただ、この二つの題名は、明らかに『平家』の本質に迫っているんだけど、大塚さんもそれはうまく言えてないし、私もうまくは言えない。……『平家』って、ちょっと『三国志演義』に似たところがある」

「武将たちの治乱興亡（ちらんこうぼう）の物語だし、平家、頼朝、義仲（よしなか）の三つ巴（どもえ）ですね」

「そう。つまり、誰が主人公なのか分からないところ。清盛かと思えば先に死んでしまうし、義経でもない。義仲だと言う人もいるけど、これも途中で死んでしまう」

「そういえば、そうですね」

「『三国志』については、劉備が主人公かと思っていたらどうも違って、曹操と孔明が主人公なんだという説がある」

「先生は『三国志』はお好きなんですか」

「いえ、私は『水滸伝』派です」

「やっぱり。原作の『三国志演義』って、女は貂蝉（ちょうせん）くらいしか出てこないですからね」

「そうねえ。『平家』の冒頭は、清盛が寵愛する祇王（ぎおう）、祇女（ぎじょ）と仏御前（ほとけごぜん）の話なんだが、あの話がどうも、面白くないんだよね」

「あれはどういう意味ですかね。栄枯盛衰のメタファーみたいな?」

「そう。つまり平家が滅んで源氏の世になるが、それも滅びて北条氏の世になるといったことを暗示しているのかもしれない」

「能楽の元ネタは『平家』が多いんですね」

「そうです。能では元ネタを「本説（ほんぜつ）」と言うんだけど、修羅能と鬘能（かづらのう）では『平家』ネタが多い。「班女（はんじょ）」とか「忠度（ただのり）」とか「鵺（ぬえ）」もそうだと言えるし、枚挙に暇（いとま）がない。これはやはり、能の観客が足利将軍や当時の武将だったから、武家的なものが強かったんでしょう。『源氏物語』も、「葵上」とか「夕顔」とかあることはあるんだけど、「柏木」みたいな能はないね。男が恋する能なら「恋重荷（こいのおもに）」とか「綾の鼓」とかないことはないんだけど、『源氏』は使われていない。「世阿弥は『源氏物語』を読んでいたか」（三宅晶子）って論文もあるけれど、全部は読んでなかったかもしれない」

「それは面白いですね。つまり日本の女性文化が『源氏』、男性文化が『平家』ってところですか」

「そう。建礼門院みたいなのは、トロイ戦争のヘレネみたいなもので、要するにあの女がこの戦争を引き起こした、という見方もできるようになっているわけだよ」

「なるほどー……ミソジニーの系譜ですね。先生は夏目漱石もミソジニーだと言いますね」

「そうです。『こゝろ』なんてのは、『暗夜行路』と並ぶ近代日本の二大ミソジニー小説でね。女のおかげで男のホモソーシャルな友情が引き裂かれたと恨み続ける話だからね」

「漱石は『源氏物語』を読んでないとか」

「読んでないです。「須磨」のあたりを抄出したのを古典名文として読んだくらいでしょう。あの当時は読みやすい注釈がなかったけれど、漱石は漢詩的な教養の人で、女嫌いだから。それに弟子の野上豊一郎（とよいちろう）は英文学者だけど能の研究家になってしまったけど、漱石も能が好きだったから、能は男性的ミソジニー文藝なんではないかな」

「世阿弥は美少年だったけど……」

「ゲイというのはミソジニーを伴うことが多いからね」

「あと『平家物語』といえば……」

「『機動戦士ガンダム』」

「えっ？」

「『ガンダム』の下敷きはいくつかあるけど、富野さんが意識したかどうかは別として、『平家』はあるでしょう。デギン・ザビが清盛で、その子供たち。ギレンは『平家』だと善人の重盛になってしまうけど、史実では重盛は清盛より悪いやつだったというし。『ガンダム』

はあと宝塚とスタンダールが元ネタっぽいかもね」

「スタンダール……。ああ、シャアが『赤と黒』のジュリアン・ソレルだみたいな……」

「あとは『パルムの僧院』のモスカ伯爵が、ランバ・ラルに当たるわけだ。ファブリスに男としてのロールモデルを与えるわけだからね」

「そう……ですか」

「あと、『源平盛衰記』は『平家物語』の異本の一つということになっていて、長いんだけど、あっちには『袈裟と盛遠』の話が入っている。芥川が小説にしたやつで、これは江戸時代には『鴛鴦剣刃』といった題で浄瑠璃になっていた。これがあるとまだ面白いんだが、今流布している覚一本『平家』では、これがない。袈裟という人妻に懸想してしまった遠藤武者盛遠が、セックスしてしまって、もっとしようとすると、それなら夫の渡辺渡を殺してくれと言って、盛遠が教えられた通り忍び入って、首を切り落とすとそれが袈裟御前で、世をはかなんだ盛遠は出家して文覚という僧になって、源義朝のしゃれこうべを持って伊豆の頼朝のところへ行って決起を促すという話です。面白い上に、袈裟と盛遠がセックスしてしまったというところが、今流布している『平家』と違うエロティックさがあっていい。延慶本『平家』にはあるんだけどね」

「うわあ、何か生々しい話ですねえ」

「あと、義仲の都入りのところで、猫間中納言というのが出てくるでしょう。単なるあだ名なんだけど、義仲が面白がって散々迷惑をかける」

「ありましたね」

「ところが、最近の源平もの大河ドラマでは、猫間が出てこないんだよね。あれを出すと義仲に同情しづらくなるからなんだな。つまりだんだん、『平家』はもともとの荒々しさを失っていっている。……でもね、私が納得がいかないのは、勧善懲悪になってないことですね」

「勧善懲悪」

「だって、最初は平家の、清盛の暴虐が描かれて、さあこんな悪いやつは源氏が立ちあがって倒すんだ、となっていても、清盛は死んでしまうし、まあ息子らだってその悪の分け前に与っていたわけだからいいだろう、と思っていると、最後の壇ノ浦では何だか彼らがかわいそうな人たちみたいに描かれる。ちゃんと勧善懲悪になってないのが、気に入らない」

「勧善懲悪がお好きなんですか」

「いや、というかね、『オイディプス王』*みたいなギリシア悲劇なら、立派な人物のはずが理不尽な運命のために悲劇的結末を迎えるから悲劇、というのは分かるし、それはそれでいいんだよ。『マクベス』や『リチャード三世』は、悪いやつが最後は滅びるから勧善懲悪になっているわけだけど、『平家』の場合、最初に抱いた感情に対して、最後に決着をつけてくれない。ひどい独裁政治をやっていた平家に、さあこれからは滅びるんです、諸行無常でしょう、と急に言われてもね、というところがある。つまりT・S・エリオットがハムレットについて、ハムレットの苦悩に対する客観的相関物がない、と言ったように、『平家』は最初に平家の滅亡を、ざまあ見ろ、と言う快感を期待させておいて、これを満足させないというところがある」

「そういうの、何て言えばいいんでしょうね」

「期待の地平を陥没させるとか言うのかな。私は吉川英治の『宮本武蔵』には、それとは逆の不満を感じる」

「逆というのは？」

「つまり、武蔵に討たれる吉岡一門も佐々木小次郎も『悪』じゃないってこと」

「これも、勧善懲悪になってないけれど、平家は悪なのにそれに同情させられる、佐々木小次郎は悪じゃないのにまるで悪みたいに描かれるってことですね」

「そうです。きれいなまとめだ。物語の基準は、たとえ純文学でもわずかに勧善懲悪であることが多い。大江健三郎だってそうです。だけど『平家物語』と『宮本武蔵』は、そうではない。それがなんで人気があるのか、私には不思議だね。『武蔵』の映画で中村錦之助*（のち萬屋錦之介）が武蔵をやって「違う違う違うっ！」って叫ぶところがあるけど、そうだよ違うよ、だからお前もう人殺して出世しようとか思うなよ、と言いたくなる。でも続けるんだよね」

「ははあ。何となく分かりました。えっ、それじゃ『平家』は、芥川賞も直木賞もなしですか」

「なしです。私は嫌いなんです、『平家物語』」

「うわー、はっきり言いきりましたね」

「川端康成も『平家』は評価してないですよ」

「そうですか……」

＊オイディプス王　紀元前五世紀のギリシアの悲劇。ソフォクレス作。テーバイの王オイディプスが、かつて自分が実の父ライオス王を殺し、実の母イオカステを妻としていたことを知って絶望して両目をつぶす悲劇。フロイトの「エディプス・コンプレックス」の元ネタ。

＊中村錦之助（初代）（一九三二－一九七）元は歌舞伎俳優・中村時蔵の弟で歌舞伎でデビューしたが、のち映画に転向、屋号をとって萬屋錦之介と名のり、一世を風靡した。没後、一門の中村信二郎が二代目を襲名した。

＊伝説巨神イデオン　富野由悠季（よしゆき）作のＳＦアニメ。一九八〇年にテレビ東京で放送されたが、突如打ち切りにあい、前後篇の映画として八二年に公開された。富野の最高傑作とも言われる。

垂髪きらりの脳裏をまた「『平家物語』、芥川賞・直木賞ともに受賞ならず」という速報テロップが流れた。

「じゃあ、今日はこのあたりにしようかな。コーヒー頼みます」

コーヒー・タイムに、垂髪きらりは、気になったことを訊いた。

「さっき先生は、『平家物語』は、ミソジニー文学だと言って、それを『ガンダム』になぞらえましたよね。ってことは『ガンダム』もミソジニーってことですか」

「いや、そうじゃあない。ちょっとまあ当然ながら今から見ると女性観が古いところもあるけど、ミライさんとかミハル・ラトキエとかララァとか、魅力的な女性が出てくるし、富野さんは何といっても後続の『イデオン』*で、カララ・アジバという、アニメ史上どころか、戦後日本文学史に入れても屈指の魅力的な女性を作り出しているからね」

「はあ……わたし、その方面は疎くて分かりません」

「まあ、いいけど、『イデオン』は映画になってるから、一度観ておいたらいいよ」

「分かりました」

垂髪きらりは、メモに
「イデオンの映画みておく」と書きつけた。

第3章

中世文学〜説話集を中心に

「ごぶさたしております」

「そんなでもないんじゃないかな。一か月、たつかたたないかだね。そういう時のいい挨拶ってないかね。先月ぶりです、とか」

「先月ぶり」

垂髪きらりは、口に手を当てて笑った。

「風薫る五月っていうけど、あれは旧暦の五月だろうね。今の……といっても温暖化する前の、私の中学生のころでも、五月はけっこう暑かったよ」

「あまり風薫るって感じもしないですね。……メールで先生、『日本霊異記』*を忘れていた、って」

「そうそう、あれは重要です。日本には説話集は多いけれど、『日本霊異記』が一番面白いと私は思ってるんだ、ヘンテコでね、卑猥で」

「卑猥」

「そう。『詩経国風』も、その後の漢詩にはないものがあるし、西洋でも古代文藝は卑猥だし、だいたい文明が成熟してくると卑猥なものが後退していく傾向があるね」

垂髪きらりは、「古代は卑わい」とメモした。特に意味はない。

「あと、『方丈記』がありますね……」

「ああ、鴨長明……。あれは、なんであんなに人気があるんだろう」

「先生は、お好きじゃないですか」

「いや……それほどでもないなあ。堀田善衛(よしえ)が『方丈記私記』を書いていたねえ」

「あと、作家では山崎正和*と三木卓(たく)*が現代語訳をしています」

「ああ、山崎さんと三木さん、お世話になった人がそろったなあ。お二人には悪いんだけど、私にはちょっと良さが分からないなあ」

「どのへんが違うんでしょうか」

「むーん、いや、だから出家遁世願望みたいのがあるのかなあ。まあ、年をとってくるとね、小さな方丈に籠って余生を送りたい、みたいな、ちょっとカッコつけすぎなんだけど、でも食事とかどうしてるんだろうね」


---

*日本霊異記　奈良時代の説話集で、景戒(きょうかい)作とされる。正式には『日本国現報善悪霊異記(にほんこくげんぼうぜんなくりょういき)』。講談社学術文庫など。

*山崎正和（一九三四－二〇二〇）評論家、劇作家、大阪大学名誉教授。文化勲章受章、藝術院会員。『世阿弥』『鷗外 闘う家長』など。

*三木卓（一九三五－　）は、作家、童話作家、翻訳家。芥川賞、藝術院会員。『震える舌』など。

「偉い人だから、小僧さんとかが持ってきてくれるんですかね」

小谷崎は、ぷっと吹きだした。

「それじゃ、引きこもりの青年に、お母さんが食事持ってくるみたいだよ。鴨長明は元祖高齢引きこもりじゃないか」

「いや……」

古典に対してあまり冒瀆的なのも困るな、と垂髪きらりは冷や汗をかく気分だった。

「あれじゃないかな、永井荷風と似た感じの人気……つまり五十前後の中年男の、家族、特に妻から逃げたい願望みたいなものが投影されているのかもしれない」

「妻から逃げたい、ですか……先生はそういうことは感じないんですか」

「私？　感じないなあ。いろいろ妻がいないと困ることが多いしね」

「ふーん」

「あとね、『方丈記』って薄いでしょう。カフカの『変身』もそうなんだけど、薄い古典って、古典を読んだ！って気分になりたい人にはちょうどいい、ってのがあるね」

「薄い古典……。ほかにどんなのがありますかね」

「『野菊の墓』とか『伊豆の踊子』も薄いだろうけど、あれはちょっと少女向けっぽいから、古典を読んだって感じがしないんだろうね。鷗外の『雁』とか『青年』はなんかちょっと軽い感じがあるし……」

「『雁』は軽い……」

「あっ、夏目漱石が何でいまだに人気があるのか、っていうと、適度に難しくて、適度の長さで、いかにも「文学を読んだ」って気持ちにさせてくれるからなんだろうと、私は思っている」

「ああ、そうかもしれませんね……ええと、じゃあ『方丈記』はなしですか」

「そうねえ。古典作品を何でもかんでも受賞作にするのもあれだから、なしにするか」

また垂髪きらりの脳裏を「『方丈記』、芥川賞も直木賞もとれず」というテロップが流れた。

「あと、あれはどうですか、源実朝(さねとも)*」

＊源実朝（一一九二－一二一九）鎌倉幕府三代将軍。兄頼家の遺児・公暁(こうぎょう)に鶴岡八幡宮で暗殺された。後鳥羽院に師事した歌人で『金槐和歌集』がある。
・大海の磯もとどろによする浪われて砕けて裂けて散るかも
・山は裂け海はあせなむ世なりとも君にふた心わがあらめやも
・時により過ぐれば民の嘆きなり八大龍王雨やめたまへ
・世の中は常にもがもな渚漕ぐ海人(あま)の小舟(おぶね)の綱手かなしも
・もののふの矢並つくろふ籠手(こて)のうへに霰(あられ)たばしる那須の篠原

「ああ、そうそう。実朝の万葉調の和歌って、有名な話だけど『金槐和歌集』の中で数えられるほどしかない万葉調の和歌で、それ以外は古今調の平凡な和歌なんだよね」

「そうみたいですね」

「『割れてくだけて裂けて散るかも』みたいなやつね。これは後鳥羽院がいるから、後鳥羽院を芥川賞にして、実朝を直木賞にしたらどうだろう」

「えっ、実朝、直木賞なんですか」

「そうだねえ。あれはむしろ大衆向け、という感じがするんだよね。あの万葉調は……」

「そうですかあ……」

沈黙が流れた。

「そういえば、『鎌倉殿の13人』（2022年のNHK大河ドラマ）では、実朝同性愛者説が言われてましたね」

垂髪きらりが、沈黙を破った。

「え？　ああ、そうだったね。私はあの大河ドラマは、最後まで観たけど、あまり好きじゃなかったなあ」

「血なまぐさい感じでしたか」

「そう。あれは『ゴッドファーザー』の真似だと思うんだけどね」

「ああ……アル・パチーノ」

「そう。小栗旬（おぐりしゅん）がアル・パチーノに該当するわけなんだが、あの映画がヒットしたのは私が小学生のころでね。暴走族がよく、あれのテーマを
〝プカプカプカプカ、プカプカ、カー〟

って流しながらそばのバイパスを走って行ったねえ。夜」

「ああ……。先生は『ゴッドファーザー』お嫌いですか」

「嫌い。ヤクザ映画とかマフィア映画とか、シネフィルがやたら好きがるもんだから、我慢して観たりしていたけど、つくづくああいうのは嫌いだなと思ったのは、五十近くなってからだね。そういう、世間の風潮に逆らって、自分はこれが嫌いだと見極めがつくのってそれくらいなのかな。女の人はもっと早そうだけど」

「まあ、私もヤクザ映画は好きじゃないですね」

「そういえば、宮本輝の初期作品で『道頓堀川』っていう、映画化されたのがあったでしょう」

「あ、そうでしたね」

「あれと、全米図書賞をとった柳美里（ゆうみり）の『ＪＲ上野駅公園口』には、ある共通点があるんだけど、分かる？」

「えっ？　あ、それは読みましたけど……」

「どちらも「コタロウ」という名前の犬が出てくるんだ」

「へえ、ああそうなんですか。……あのう、『今昔物語集』とか『宇治拾遺物語』とか、説話集はどうします？」

「そうねえ。『今昔』は何しろ多いから、私も全部は読んでないねえ。昔、講談社学術文庫で天竺部から刊行していたことがあったんだけど、まあ普通は本朝世俗部が中心だよね」

「芥川龍之介のおかげで有名になった説話もありますね」

「そうねえ。ああいうのは戦後の基準だと芥川の創作としてどんなもんか……町田康の『ギケイキ』とかも似たようなもんかな」

「先生は、あまり芥川……ってこれは芥川賞なんですけど……龍之介の評価は」

「まあ、あまり高くないねえ。長編が書けなかったし、谷崎が言う通り気が小さすぎた」

「何か、『今昔』の中で先生のお勧めとかないですか」

「そうだなあ、平貞盛の話がいいね。貞盛って平将門の従兄で田原藤太秀郷と一緒に将門を討った男で、清盛の先祖に当たるんだけど、昔の大河ドラマ『風と雲と虹と』で山口崇が演じていたの、知らないよね」

「ええ、それはちょっと。私の生まれる前でしょうか」

「その貞盛が丹波守の時かな、矢傷を治療するために胎児の肝が効くと医者に言われて、息子の妻が妊娠していたからそれをくれって言うんだが、息子は医者と相談して、血縁の者ではいけないと言わせて、下女が妊娠していたのでその胎児の肝で治すんだが、医者から矢傷だと見抜かれたので医者が帰京する途中で射殺するよう息子に言うんだが、息子は医者に恩返しするために別の人と取り違えて射殺すようにしたって話が面白いな」

「じゃあ、それで直木賞ですかね」

「そうねえ。直木賞は授与することにするけど、私は説話集というのが東西問わず何か苦手でね。『デカメロン』とか『カンタベリー物語』とか、翻訳でちょっと覗いた感じでは、そんなに面白くなくて。西洋ルネッサンスの説話集って、寝取られ話が多いでしょう。実に西洋人というのは、動物のオス的な本能が強いんじゃないか、それで女房を寝取られるということに敏感で、『ボヴァリー夫人』とか『アンナ・カレーニナ』とか姦通小説が多いんじゃないか、という気がするんだよね」

「日本でも、近松門左衛門の姦通ものとかありますよね」

「樽屋おせんとか、おさん茂右衛門とか、西鶴も書いてるね。しかし私はあれは、明治以後に、西洋では姦通文学が盛んだってことを知った文学者が、近松や西鶴を発掘してもてはやした結果じゃないかと思ってる」

「え？　そうなんですか」

小谷崎は、

「しかし説話集としては、『日本霊異記』のほうが面白いね。カブでオナニーしたらそれを食べた娘が妊娠した話とか、狐が女になって妻になり、帰る時に、また来て寝てくれというので「きつ・ね」になったとか、エロ話が古代的な感じがしていい。この時代で言うと、『古事談』が私は好きだな」

「『古事談』、ありましたね。どんな話がありましたっけ」

「孝謙女帝が道鏡を寵愛したけれどそれじゃもう我慢ができなくて……長芋を使っていたら抜けなくなって、小手尼という手の小さい女が治療に来て取り除こうとしたら、道鏡をよく思っていなかった藤原縄主が「妖狐なり！」と言って小手尼を切り殺して、ために孝謙女帝は死んでしまったという話とかね」

「うわあ」

「……こういう話を女性編集者にすると、セクハラになるのかな。……えっ、編集者ならしょうがない？」

小谷崎は、脇で聞いているほかの編集者に確認をとった。

「『宇治拾遺物語』には、『五色の鹿』って、小学生の国語の教科書に載ってるやつがあるね」

「あー、何かありましたね。西洋の話かと思ってました」

「しかし、あれはあまり面白くないね」

「ほかにも説話集はこの時代、多いですが……。『古今著聞集』とか『十訓抄(じっきんしょう)』とか、いろいろありますね」

「うーん。あんまりそれらは、どうかなあ。重複しているのも多いし、特に、これがいい、というのはない気がする。いや、私も全部読んだかどうかは怪しいし」

「そうですか。あと、『吾妻鏡』とかは……」

「いやあ、中央公論のマンガ日本の古典では竹宮恵子がみごとな絵で描いているけれど、あれは歴史記録であって文学書ではないんじゃないかなあ。だいたい、読んでないし」

「お読みでなければしょうがないですね……あ、ちょっと戻りますが、『讃岐典侍日記(さぬきのすけにっき)』はどうですか」

「あっ、あれはいいね。堀河院を、典侍(ないしのすけ)で愛人の女が看病して死ぬまでが描いてあって、私小説であり公的な記録でもある。あれは面白いから、芥川賞にしよう」

「ないしのすけ、ですね」

「そう。後宮の女官の官途(かんと)は読みが変わっていてね、尚侍でないしのかみ、掌侍でないしのじょう、と読む。本来なら内侍尚とか内侍典とかするところを、逆にしてあるんだね。面白いね」

「女官として宮中に上がると、自動的に天皇の愛人になるんですか？」

「いや、そうとは限らないけれど、まあお手つきになってもいい、というのが女官というものじゃないかな」

「……なんか、女として複雑な気分ですけど……」

「職業が愛人だっていうのは、何か妙にエロティックな感じだよね。……ああ、それじゃついでに『とはずがたり』*も決めておこう」

「御深草院(ごふかくさいん)二条ですね」

「まあ、それは単に、御深草院という上皇に仕えた二条という女房という意味で、建礼門院右京太夫(うきょうのだいぶ)が、建礼門院に仕えた右京太夫であるのと同じなんだが、ちょっと変な名前だよね。まあ『とはずがたり』は、古典ポルノみたいな感じで受容されているけれど、実際は私小説的なものだから、芥川賞にしたいんだけど、現在の受容のされ方がやや通俗味が勝っているから、直木賞にしようかな」

「つまり、そういう風に読まれているから……エンタメっぽいとみなすってことですか？」

「そうだね」

「そういうことってほかにもありますか？」

「『伊豆の踊子』なんか、典型的なそれでしょう。作者の実体験を抒情的に描いた純文学だけど、何度もアイドルを使って映画化されているうちに……」

「ああ、なるほど……」

すぐに実例が出てくるのはさすがだな、と垂髪きらりは思ったが、すぐに頭を切り替えた。

「平安末から鎌倉時代というのは、何か色々な作品が固まって出てくる時代だよね。あと『十六夜日記(いざよいにっき)』とかもあるし……」

「阿仏尼(あぶつに)のですね。これはどうなさいますか」

「これは、承久の乱で鎌倉幕府の覇権が強くなって、京都の貴族である冷泉家のもめ事を幕府で裁判してもらうために母が旅をしたという、それほど幕府に権威が移っていたという事例として注目されているだけで、文学的には大したものじゃないんじゃないかなあ」

「ああ、そうですか」

「いやいや、あくまで私の個人的な意見ですよ」

＊とはずがたり　一三〇六年以前、後深草院二条という、後深草院（上皇）に仕え、愛人だった女性の半生記。後深草院の愛人として仕えながら、西園寺実兼(さねかね)に言い寄られて愛人になってしまう苦悩と愛欲を描いている。新日本古典文学大系　岩波書店

「個人の意見です、というやつですね」

「あのねえ、紀行文というのは、昔の人は今みたいに簡単に旅行できなかったから、紀行文を読むことで旅を追体験するという意味があったんですよ。だから汽車や飛行機が今みたいに発達して、グーグル・ストリートビューもある時代に、果たして紀行文が昔と同じ意味を持つか、私は疑問なんだけどね。……まあそれを言えば映画やドラマの発達で、小説も昔のような重みを持たなくなっているわけだけど……」

「ああなるほど、それは何か分かりますね」

「あとこのへんには、河合隼雄が有名にした明恵(みょうえ)の夢日記とかもあるわけだが……」

「ああ、明恵上人……」

「これはまあ、いいでしょう。あと鎌倉仏教の人たちによる著作が、文学扱いされることもありますね。親鸞の『歎異抄(たんにしょう)』とか。まあ親鸞じゃなくて弟子の唯円(ゆいえん)がまとめたもんだが、あれは若者を興奮させる」

「興奮させるのは良くないですか」

「良くない。はしかみたいなもんだが、あれに延々と影響を受けているような人もいて、良くない。四十過ぎたら文学は興奮から離れないといけない」

「なるほど。興奮するのは男の人が多いということでしょうか」

「そうだね。中島敦の『山月記（さんげつき）』とか読んで、ああこれは俺のことだ、と思い込むのはたいてい男だよね」

「昔の高校の国語教科書は、エリート男性の挫折の話が多いって指摘もありましたね」

「そうだねえ。あれは害悪だ。国語教育の改革で悪影響も逓減（ていげん）したみたいだね。まあ、ああいうのを高校の国語に残そうって頑張ったのは、大学で日本近代文学を教えている人で、つまり彼らの授業が、あれがあったほうがやりやすいという、利権だからね」

「シッ！　それはオフレコで」

「あ、そう?」

小谷崎は苦笑を漏らした。

「私は最近、ソクラテスを死刑にしたアテネ政府の気持ちがよく分かる気がするよ」

「そりゃあ怖いですね」

「うん、だって若者……特に男は、哲学が好きで、のめり込んだりするでしょう。あれは有害だと思う。まあ宗教だって有害なわけだが」

「シッ、それもオフレコですよ」

「しかし戦後でいえば、サルトル、カミュからニューアカとかポモ（ポストモダン）とか、若者はよく興奮してきたねえ。あとから考えるとだいたい有害なんだけどね」

「だからこそ、古典文学なんじゃないですか」

「古典にも興奮させるの、あるからねえ。ドストエフスキーなんか、バリバリのユダヤ人差別キリスト教作家で、害毒を流してきたよ。宗教系はね……」

　垂髪きらりは、はあーとため息をついた。口には出さなかったが、またオフレコだあ、と思ったからである。

「あ、そうそう、これはあまり有名じゃないけど、芥川賞にしたいのは『看聞御記』*（『看聞日記』）だね」

「あ、それは知りませんでした」

「南北朝というのがあるでしょ。北朝はもちろん鎌倉幕府と足利幕府が立てたものだけど、最初に立てられたのが光厳院で、ところがいっぺんひっくり返されて、そのあと足利尊氏が立てたのは光明院という弟のほうで、光厳院の系統は伏見宮家になって、天皇になれなくなっちゃった、それが数代続いて、御花園院で光明系の天皇が出るんだけど、その父親の伏見宮貞成という親王の日記なんです」

「へえー」

「これはね、『義経記』をもとに『ギケイキ』を書いた作家の町田康がインタビューで『看聞御記』にしようかと思ったと言っていたんで知ったんだけど、でも私も原文で読んだわけじゃなくて、それを解説しながら現代語で紹介した歴史学者の横井清の『看聞御記――「王者」と「衆庶」のはざまにて』で読んだだけなんだけどね、こんな面白いものがあったのかと思ったね」

「へえ、それはいいですね、この企画独自の発掘みたいな感じがあって。……そういえば、その『義経記』とかはどうなんでしょう」

「そうねえ。まあ義経といえば、軍事的天才にして悲劇の人、というところで昔から人気があるんだけど、文学的には二流だね。それと、私はどういうもんか、アレクサンドロス大王とかカエサルとかナポレオンとか、軍事的天才というものが別に好きじゃないんだな。戦後生まれだからかな」

「そうですか。じゃあ『義経記』はナシと……。『曾我物語』ってのもありますけど、これは？」

「いやあ、あれは近世の歌舞伎で曾我狂言というのが重んじられて、根底には恨みを呑んで死んだ人を御霊として祀る御霊信仰があって、それが弟の曾我五郎に通じるというわけらし

＊看聞御記　横井清『看聞御記――「王者」と「衆庶」のはざまにて』（そしえて、のち『室町時代の一皇族の生涯「看聞日記」の世界』講談社学術文庫）

いんだが、私らにはそれはピンとは来ないし、『曾我物語』は単なる一族の紛擾を扱っただけで、どうもねえ……」

「じゃあ、これもナシと……。あとは『太平記』ですか」

「『太平記』はね、これは文句なく直木賞じゃないかな」

「そうですか。直木賞……と」

「本物の直木賞でも第二回で鷲尾雨工の『吉野朝太平記』がとってるくらいだからね。まあシナの故事のところが余計だけど、あれは飛ばして読めばいいんでね」

垂髪きらりは、黙って「シナ→中国」とメモに書き込んだ。

「でも幕府側に立って書かれたという『梅松論』って別に文学作品じゃないんだよね。『太平記』だって南朝側に立っているようには見えないしね」

「一度だけ大河ドラマになったんですね、私、借りて観ました」

「あれは良かったよね、真田広之と柄本明とか。楠木正成の武田鉄矢の口跡がいいんだよ」

「そうでしたね」

「それから、これもちょっとさかのぼるけれど、『梁塵秘抄』*というのがあるな」

「今様を、後白河法皇が集めたものですね」

「まあ、どういう節で歌われていたのか、はっきりとは分からないけれど、あそこに「遊びをせんとや生まれけむ」っていうのがあるでしょ」

「ええ、大河ドラマ『平清盛』で主題歌的に使われてましたね」

「あれがねえ、八〇年代のバブル経済とセゾン文化の時代にちょっとはやってね。つまり『遊び』って言葉ないし概念がね。『遊』って雑誌もあったし、劇団名にも「遊」をつけたのがあり、遊女について書いた本が話題になったり、割と軽薄な使われ方をしたんで、私は印象が悪いんだよね」

「そうですか……」

「結局経済の好調に乗っかった議論で、経済が悪くなると、人生には『遊び』が大切です、なんて言ったら殴られそうでしょ」

「そうですねえ……」

「そういう記憶があるから『梁塵秘抄』は直木賞にするかな……」

「なし、ではないんですね」

「まあね。『美女うち見れば　一本葛にもなりなばやとぞ思ふ』（342）みたいな、好きな

＊梁塵秘抄　治承年間（一一八〇年前後）後白河法皇が今様を集めたもので、今様は当時、白拍子（ある種の娼婦）などが歌っていた流行歌。

のもあるから」

「全体に直木賞が多いですね」

「だからね、『閑吟集』*を芥川賞にしようと思う」

「えっ、そうなんですか」

「これは、作家の秦恒平*が書いた『閑吟集　孤心と恋愛の歌謡』って本があってね。これが名著なんだ。文体が独特でね、「……なンです」とか、片仮名が入った文体だが、秦さんの真骨頂が出ているよ」

「へえ」

　おじさんっぽい、と垂髪きらりは思ったが口には出さなかった。

「「一期は夢よ、ただ狂え」ってのも割と通俗的に使われている気がするけれどね……」

　小谷崎は、

「コーヒー、おかわりお願いしていいかな」

　と言い、

「まあ、今日はこのへんでシメとしましょう。来月は、能楽が入ってくるからね。能楽は作品ごとに受賞しましょう」

「えっ、作品ごと……でもまあ、そうですね。能楽全般に芥川賞とか変ですしね」

「ああ、でも作者・世阿弥とかもあるから、世阿弥に芥川賞とかになるのかな」

垂髪きらりは「世阿弥に芥川賞」で、つい、プッと噴き出してしまった。小谷崎も、笑った理由は分かって、

「世阿弥に芥川賞って、言ってみるとおかしいね」

と笑っていた。

＊閑吟集　永正十五年（一五一八）成立の小歌集。徳川時代の「小唄」とは別のジャンル。「新日本古典文学大系」に梁塵秘抄と一緒に入っている。秦恒平『閑吟集　孤心と恋愛の歌謡』（ＮＨＫブックス）

＊秦恒平（一九三五－　）作家・評論家。『みごもりの湖』『慈子（あつこ）』『谷崎潤一郎』などがある。秦建比子（たけひこ）の父。

第4章

室町から織豊時代〜能楽を中心に

「暑いね」と言いながら文藝雷電社の会議室に小谷崎が入ってきた。

「これから、また猛暑の夏になったら、ちょっと来られるかどうか分からないな……」

「タクシーでいらしてください。手配しますから」

「そうねえ。しょうがないよねえ。このところの暑さじゃあ」

小谷崎は、持参した扇子を開くと、パタパタと煽いだが、冷房は効いている。その扇子が将棋の棋士の名前入りだったから、垂髪(うない)きらりは、

「あれ、先生、将棋なさるんでしたっけ」

と訊いた。

「いや、私のじゃなくて、父親の……形見?」

「ああ、そうですか。先生は将棋なさらないんでしたっけ」

「やらない。あれねえ、相手の立場に立って考えないといけないでしょう。それができないんだよね。自分に都合のいいように考えちゃう」

垂髪きらりは、微笑して、

「そういうのは初めて聞きました」

「あれは数学的思考だからね。私は数学は苦手でね。……今日は能楽だったね。私は必ずしも能楽を楽しめる人間じゃなくてね。ほとんど勉強のために観てきたようなもんだな」

「そうですか。私はわりあい好きです」

「自分で習っていたとか？」

「いえ、それはないんですけど」

「そう。あれはまあ、自分で習っている人が観に行くものだと思っていたけど、そうじゃない人も中にはいたねえ」

「先生は、能はそんなに熱中できなかった……？」

「そうねえ。室町時代当時はすごい人気があったというし、当時は今よりテンポが速かったという。雑能（ざつのう）（四番目物）なんかだとまだイメージしやすいんだが、鬘能（かづらのう）という、まあだいたい、女が恋の嘆きなんかを述べて舞うだけのやつ……ああいうのはなかなか面白さが分からない……能については、あまり私の言うことは当てにならないと思いますがね……」

「まあ、そうおっしゃらず」

「まあ、能で一番最初に思い浮かぶのは『葵上』かな。これは大学院生の時に比較文学の先生に教わって、確か私が発表をしたのかな、英訳とか読んで」

「英訳したのは、誰でしたか」

「アーサー・ウェイリーじゃなかったかな。あとフェノロサがやったのかな。能は西洋人に受けがいいんだよね、歌舞伎より。英国のベンジャミン・ブリテン*なんか、『隅田川』をオペラにしている。『カーリュー・リヴァー』ってね」

「『カーリュー』って何ですか」

「カーリューってのは、鳥のシギのことだ。シギ川、ってことかな」

「『隅田川』はどうですか、先生としては」

「あれはねえ、まあ子供を失った女が狂って子供を求めてさまよう話だね。それで塚の中から子供の「なむあみだんぶつ」って声が聞こえてくる。それで、実際に子方（こかた）が出てくる演出もあるけど、声だけ聞こえて出てこないのが普通かな。でもねえ、「なむあみだんぶつ」ってのは実際に塚の中にいる子供が言っているから、元気で、あまり幽霊が言ってる感じがしないんだよね。狂女物というやつだが、何だか陰惨な感じがして、好きじゃないね。あとで出てくるけど、浄瑠璃によくある、子供を身代りにして殺す話ってのも私は嫌いでね」

「そういえば、『葵上』でしたね」

「あれは葵上は出てこないで、舞台に着物を置いて葵上を表していて、シテは六条御息所（みやすんどころ）。能ってのは考えれば変な演劇でね。シテとワキっていうけど、シテ方の能役者は、生涯シテつまり主役をやって、ワキ方ってのは生涯ワキをやるんだよね。古代ギリシャ悲劇にもそういうことがあったのかな。近代劇みたいに、一人の役者が主役をやったり脇役をやったりということがないんだね。しかもシテ方の昔の名人で、何回も演じているのにその筋書きを知らなくて、作りものの中から、アイ狂言の語りを聞いていて、ああそういう話だったのかと分かったみたいな、嘘みたいな伝説があったりする」

「変な話ですね」

「有名な野村萬斎ってのは狂言師だけど、あれも能役者の一種の狂言方で、能の真ん中に二人で出てきて筋を説明したりする。『ハムレット』に出て来た「ゴンザーゴー殺し」って劇中劇も、最初に筋を全部バラすのね。今だったら最初にネタバレをやるんだから、不思議な話だよ」

「何だかお話を伺っていると面白い気がしてきて、明日にでも能楽堂へ行ってみようかと思います」

「行ったことはあるの？」

「ええ、二、三回は……」

「どうでした？」

「いやー、お行儀よく観るもんだと思って、みなさん立派だなーと思うばかりでした」

＊ベンジャミン・ブリテン（一九一三ー七六）英国の作曲家。「青少年のための管弦楽入門」オペラ「ピーター・グライムズ」「ねじの回転」などがある。

「まあ、そういう態度が普通かなあ……。ほかに『源氏物語』を題材としたものとしては「半蔀（はじとみ）」とか「夕顔」とか「野宮（ののみや）」とか「浮舟」とかあるんだが、男を描いた「柏木」みたいのがないのが、私は不満でね。「野宮」は、渡辺保さんが解説に出て来たのを観たことがあるけど、何かくりかえし、「光源氏は、夕顔とセックスがしたいわけで」って言うのが、何かおかしかったねえ。別に「野宮」って夕顔の話じゃないんだけどね」

「ほかにお好きな演目はないですか」

「迫力という点では『鵺（ぬえ）』とかいいねえ。あの小飛出（ことびで）という面がね。能面ってのは美術的に言っても優れている。近世の浄瑠璃に使う人形の頭なんか、能面に比べたら遥かに劣る。能面は女の顔をいくつも描いていて、「深井」という中年の女とか、嫉妬に狂った女とかいろいろ繊細に描き分けているけれど、浄瑠璃の女の人形なんて、ほとんど同じ顔だ」

「……かわいいですけどね」

「かわいいだけじゃ、ダメでしょう」

「そうですね……」

「あと『恋重荷（こいのおもに）』とか『綾の鼓』とか、これは同じ話らしいんだが、男の惨めな片恋を描いたやつは挙げておきたいね」

「それは三島由紀夫が……」

「そう、『近代能楽集』でとりあげたやつ。あれの結末の、「あたしにも聞こえたのに、あとひとつ（綾の鼓を）打ちさえすれば」ってのは結末のセリフとしてはうまいんだが、ストーカーを勇気づけてしまう点が問題だというやつね」

「ああ、ストーカー……そういうことで勇気づけられるわけですね」

「まあ、殺しちゃうストーカーじゃないほうね」

「はい……気をつけます」

「えっ？」

「いえ、こっちの話です……。修羅能は、ダメですか」

「そうねえ。雑能になるけど、『善知鳥（うとう）』とか『藤戸』は、主題的に面白いね」

「『善知鳥』は、鳥を捕らえて生計を立てていた猟師が、殺生の罪で死後地獄に落ちて苦しんでいるという話で、『藤戸』ってのは、源氏の武将・佐々木盛綱が、案内をした漁師の息子を切り殺してしまってそれが怨霊になる話ですね」

「そう。『善知鳥』のウトウってのは鳥の名前で、猟師が「ウトウ」と呼ぶと雛鳥が「ヤスカタ」と答えて、それで捕らえるというあたりに、不気味なものを感じる。山東京伝に『善知鳥安方忠義伝』って読本（よみほん）がある。昔、両国橋へんの見世物で『鳥娘』というのがあって、「親は代々猟人で、親の因果が子に報い」って言われていたんだよね」

「見たんですか」

「いや、私なんかが生まれるずっと前、明治ころの話でしょう。日本には徳川時代には獣を狩る猟人がいなかったし、魚は特に殺生と思われなかったんで、鳥ばかりが殺生の対象とされたんだね」

「鳥娘って、どういうものなんでしょう」

「それが分からない。蛇娘ってのは蛇をかじったりするから、鳥娘も鳥をかじるのか、ないしは奇形で、鳥みたいな形をしていたのか」

「……」

「『藤戸』は二代目の中村吉右衛門が歌舞伎にしていたけど、第二次大戦以後、世界的に反戦もの文藝が多いけれど、私はこういう昔の話が好きだなあ、という意味もあってね」

「なるほど。『俊寛』とかはどうですか」

「ああ、それについてはちょっと言いたい」

「はい、伺います」

「俊寛僧都(そうず)が鹿ケ谷(ししがたに)の陰謀で鬼界島(きかいがしま)に流されて、数年後にあとの二人は赦免されるが俊寛だけは赦免されないという、『平家物語』にある話でしょう。能にもなり、浄瑠璃では『平家女護島(にょごのしま)』で脚色されて、歌舞伎でも俊寛のところだけよく上演される。歌舞伎のソ連公演の時に、俊寛が一番人気があって、それはソ連では独裁者によって政治犯が流刑になることがあったからじゃないかと、河竹登志夫先生が書いている。近代になって、芥川龍之介とか菊池寛が、近代的解釈で俊寛を描いている」

「ああ、そうですね。菊池寛のは、読んだかもしれません。置き去りにされた俊寛が、島の娘を妻にするやつですね」

「そう。それはまあいいんだが、もとの俊寛の話とか、歌舞伎の俊寛とか、別に面白くないし、何度も観ていると飽きてくる――大した話ではない気がする」

「おうい、おうい、ってやつですね」

「そうだねえ。能ってのは、嘆き節が多いよね」

「小野小町ものも多いですね。『通小町（かよいこまち）』とか……」

「深草の少将が小町のところに百夜通ったら相手をしてやると言われて九十九夜目で死んじやって、怨霊になるやつかな。能ってのは、筋としては面白いけれど、どうかな。むしろ『求塚（もとめづか）』みたいなやつのほうが筋としては面白いかもね。……まあ、今あげたあたりを中心に、能数点で芥川賞ってなところかな」

「世阿弥作とか、観阿弥作とかありますけど、能でそういうやり方は難しいですね」

「そうだね。あと、世阿弥には『風姿花伝（ふうしかでん）』があるから、あれには芥川賞を授与しよう」

「あっ、そうですね」

「私は高校生の時に文庫版で『風姿花伝』を読んで、演技とか舞台藝能の実践的教えとして感銘を受けたんだけど、あとになって実際の能を観て、何かその落差に衝撃を受けた」

「どういうことですか」

「『風姿花伝』を読んでいると、能ってすごく面白い舞台藝術のような気がするわけよ。だが実際に観ると、そういう感じがしない。退屈で寝ちゃったりする」

「ああ、なるほど……」

「ちょうど、蓮實重彥の映画評論を読むと、ものすごく面白い映画のような気がするけれど、実際に観ると退屈なのに似ているね」

垂髪きらりは、ゴホンゴホンと、わざとらしく咳をした。

「じゃあ『風姿花伝』に芥川賞と……。狂言のほうはどうですか」

「ああ、能狂言ね。まあ正確には能についている狂言だから能狂言といって、歌舞伎の演目は歌舞伎狂言というんだがね。これはまあ、笑いの文藝として、不思議にも現代語に近い形で残っている……。ただねえ、これが歌舞伎に移入されると、『素襖落』とか『身替座禅』とか、一時期やたら上演されていてね、確実に笑いがとれて受けるからなんで、まあ商業演劇だからしょうがないんだけどね、ちょっと辟易した」

「『靫猿（うつぼざる）』とか『釣狐（つりぎつね）』とかが有名ですね」

「狂言の初舞台は『靫猿』の小ザル役で、『釣狐』の狐役を演じて初めて一人前として認められる。猿に始まって狐に終わるってやつね。しかし特に面白くはないなあ」

「『柿山伏』とかどうですか」

「それほどでもないなあ……。『鬼瓦』ってのは面白いね」

「どんな話でしょう」

「地方から出て来た大名が、寺の屋根の鬼瓦を見て、それが自分の女房に似ていると言って、女房が恋しいと言って泣く話なんだ。鬼瓦みたいな顔の女房が恋しいというところが面白い」

「……そうですか。夫婦愛ものですかね」

「そうだね……そういえばトルストイの『アンナ・カレーニナ』の冒頭に「幸福な家庭というのは同じように幸福だが、不幸な家庭はさまざまに不幸である」というのがあって、やたらと引用されるけれど、あれは疑わしいね」

「そうでもないですか」

「だって、裕福で幸福な家庭も、貧しいけれど幸福な家庭もあるし、裕福だけど不幸な家庭もあるだろう。あれは、引用する人が自分の文学的教養をひけらかそうとして引用してるんで、あまり中身についてよく考えてないんじゃないかと思う」

「ははあ……」

垂髪きらりは、下手にコメントできないなあ、と思った。

「まあ、能狂言は、まとめて直木賞ということにしようか」

「それがいいですね。……連歌はどうします？」

「あとで芭蕉が出てきたら俳諧連歌だから問題になるけれど、この時代の『菟玖波集』とかは、個人の作とはいえないし、まあよけておこうか」

「そうですか。丸谷才一さんとか、石川淳なんかと連歌をやって、楽しそうでしたね」

「大岡信とかとね。あれは、やっている当人たちは面白くて、その話を聞くと他人も楽しそうなんだが、実際に読んで面白いかというと疑わしいし、自分らではおいそれとやるわけにはいかないというやつだね。遊びと文学の間みたいなもので……」

「そうですねえ。私だって連歌やったことはないですからね」

「当時は連歌がだいぶ流行したみたいで、連歌師ってのが職業として成り立っていたからねえ。まあ武士とか貴族とかと、富裕な階層が対象だったんだろうけど、ちょっと具体的にどういう感じだったのか、想像しづらいものがあるね。飯尾宗祇とか、『宗長日記』とかもあるけど……。私なんかお茶会行ったこともないよ。韓国の李御寧って人が、「縮み志向」の日本人とか言っていたけど、おにぎりなら西洋にもサンドイッチがあるし、お茶会なんて一般の人は行ったこともない、私なんか閉所恐怖症だから、多分実際にはやれない」

「私は……習っていたことがあるんで、お茶会経験はありますけど」

「へえ、やっぱりお嬢さんなんだね」

「そんな……」

垂髪きらりは、話を逸（そ）らすように、

「『徒然草』は、どうですか」

と言った。小谷崎は、

「ああ、それは立派な文学だから、これは堂々の芥川賞だね」

と答えた。

「頑丈な人間は友達に持ちたくないって、それはまったく本当だと思うね。大酒飲みとかは嫌だけど、頑丈な人間は本当に体の弱い人間の気持ちが分からない」

「そうですねえ」

「色好まざる男、はダメだというところも有名だねえ。それはまあ本当なんだが、夏目漱石なんかはあまりに謹厳な感じがするし、セクハラしたら今では社会的に制裁を受けるからね」

「そうですね」

「あれ、歌舞伎なんかに出てくるセリフで、「傾城傾国に罪なし、通いたもうまろうどにこそ罪あれとは、吉田の兼好法師も乙うひねりやしたねえ」ってのがあるんだけど、兼好法師はそんなことは言ってないんだよね」

「はい」

「いまだに、吉田兼好って言う人がいるのは不思議だね。私が高校生の頃から、本当の名前は卜部兼好(うらべかねよし)で、出家して兼好法師、吉田というのは後世にできた名前、と言ってあったから、当時から兼好法師と言っていたんだけど。小川剛生(たけお)って国文学者が二〇一七年に出した中公新書ではさすがに「兼好法師」となっていたねえ。小川君によると、卜部氏かどうかも疑わしいらしいけれど」

「内容について、どこか面白いところはありますか」

「兼好の若いころの恋についてそれとなく書いてある段があると、これも秦恒平さんが言っていたねえ」

「面白いですか」

「いや、はっきり書いてあるわけじゃない。あと『太平記』では、高師直(こうのもろなお)が塩谷判官(えんやはんがん)の妻・顔世(かおよ)に懸想して、兼好法師に恋文を代筆させたなどとけしらかんことが書いてある」

「嘘なんですね」

「まあ、嘘でしょうが、これが『忠臣蔵』に使われたネタだね。幕末から明治にかけて、湯上がりの顔世を師直が覗くという絵が渡辺省亭とか菊池容斎によって描かれていて、それが面白かったなあ」

「それは兼好法師と関係ありませんね……」

「ごく短い断章があって（第一二七段）「改めて益なきことは、改めぬをよしとするなり」というのが、いいねえ。大学でも政治でも、必要もないのに改革、改革といって改革の結果がダメなことが実に多い。大学の大学院大学化とか、郵政民営化とか、悪い改革ばかりだった」

「郵政民営化は、小泉さんに騙されましたねえ」

「あ、あと『神皇正統記』があるね、北畠親房の」

「南朝方の正統性を説くやつですね。あれに受賞しますか」

「あれはね、武家政権について、頼朝と北条義時は悪人だとしているのに、北条泰時は名君だとしている。そういう妙なところが私は好きでね。芥川賞」

垂髪きらりは、あまりに恣意的な気がしてため息をつきそうになったのを抑えて、うなずいた。

「室町時代の文学って、ほかに、何がありますかね」

と返した。

「御伽草子*ってのが、いま私たちが見ているのは江戸初期の刊行物だけど、できたのは室町時代だとされているね」

「何かありますか」

「まあ、『一寸法師』とかに直木賞でもないだろうけど、三島由紀夫って私は嫌いなんだけど、『鰯売恋曳網』って歌舞伎に仕立てた『猿源氏草紙』というのがあって、これなら直木賞をやってもいいんじゃないかな」

「猿源氏草紙……」

垂髪きらりは、メモを終えると顔をあげて、『御伽草子』の内容リストを小谷崎に渡して、

「あと、稚児物語がありますね。『秋の夜の長物語』とか……」

「ああ、衆道ものね。そう大したものかどうか……」

「でも、こんなご時世ですから、ひとつお願いします」

「うーん、時世に迎合するわけか……」

「どうぞ、会社からの分とでも思し召しになって、ぜひ」

「分かりました。長いものには巻かれろと言いますからね、でもこう見ていると『御伽草

子』全体にあげてもいいかな。まとめて直木賞にしよう」

「ありがとうございます。……あと中世の、王朝物語で、先生がこれは、と思われたものってありますでしょうか」

「うーん、『風に紅葉』とか『山路越える大将』とか『我が身にたどる姫君』とかちょっと見たけれど、そう大したことはないねえ……」

「『我が身にたどる姫君』は、レズビアンが描かれているとか言われているようですが」

「いやあ、それもねえ、下女が数人いる部屋を覗いたら下女同士で戯れているのがあった、というその程度で、現代人が想像するほどはっきりと描いてあるわけじゃないのよ」

「そうですか」

「『源氏物語』にも、光源氏が少年を侍らせて一緒に寝るシーンがあるとか言われているけど、あれも別に同性愛とか少年愛と言うほどのものじゃない」

＊御伽草子　内容は「文正さうし」「鉢かづき」「小町草紙」「御曹子島渡」「唐糸さうし」「木幡狐」「七草草紙」「猿源氏草紙」「物くさ太郎」「さゞれいし」「蛤の草紙」「小敦盛」「二十四孝」「梵天国」「のせ猿さうし」「猫のさうし」「浜出草紙」「和泉式部」「一寸法師」「さいき」「浦嶋太郎」「横笛草紙」「酒呑童子」「福富長者物語」「あきみち」「熊野の御本地のさうし」「三人法師」「秋夜長物語」

「そうですか。現実は厳しいですね」

「ん？……まあいいや」

「一休の『狂雲集』はどうですか」

「あれはダメ。一休は、逸話は面白くて、御小松院の第五皇子が母が南朝方だったので僧籍に入れられたとか、地獄の辻子とかいう遊女宿に通ったとか、森侍者という盲目の女を愛人にしたとか、あるんだが、『狂雲集』自体は、あまり面白くない。昔柳田聖山という人が『一休「狂雲集」の世界』って本で読売文学賞をとったので、読んでみたけどなかなかつまらない本だったよ」

「そうですか……。じゃあ、安土桃山時代……」

「あれは時代の呼称がおかしいよね。普通に織豊時代とか織田豊臣時代とか言えばいいのに、なに、安土・桃山って。安土はともかく、秀吉っていったら大坂城でしょう。伏見城へ隠居したからといって、後世の呼び名である桃山を使う理由が分からない。文化史的区分らしいけど、変えたほうがいいね」

「ま、まあまあ、落ち着いて……」

「『信長公記』＊があるね。あれはまあ、歴史記録のほうに入れられるけれど、この時代はほかにあまりないから、芥川賞かな」

「作者は太田牛一でしたね」

「そうだ。加藤廣って作家の『信長の棺』って歴史ミステリーが話題になったことがあったが、あれが太田牛一が主人公なんだっけか」

「先生は信長、お好きですか」

「ああっと、まあ、信長の三男を無残に殺した秀吉とかに比べたら好きかなあ。戦前は秀吉のほうが太閤記*といって、出世物語で人気があったけど、大河ドラマの『太閤記』で高橋幸治が信長を演ったあたりから信長のほうが人気が高くなっていったのかな。あとは司馬遼太郎の『国盗り物語』とかね」

「『太閤記』もありますね」

「あれは小瀬甫庵……。秀吉は関白、太閤だけどあそこでは「将軍」と呼ばれているんだよね。あれが今の北朝鮮での「将軍様」につながってるんじゃないかね。秀吉は朝鮮出兵しているから、敵方の言い方を採用するみたいな感じで」

「先生は秀吉、どうですか」

＊信長公記　角川文庫
＊太閤記　新日本古典文学大系　岩波書店

「まあ、さっきも言った通り、信長の三男信孝を殺しておいて、自分が死んだあとは秀頼を頼むとか、虫が良すぎるし、実は怖い男で、あまり好きじゃない。それにしても大河ドラマとか観ると、信長とか家康は標準語でしゃべるのに、秀吉だけきゃあきゃあ尾張弁でしゃべるんだよね。まあ農民の生まれだからってことなんだろうが、極端すぎる。しかしおかしいのは『独眼竜政宗』で勝新太郎が秀吉をやった時は、大阪弁でしゃべっていたよ」

「それは変ですね」

「変だよ。秀吉は能が好きで、自分で能を作っていた。それも自分が主人公で、「明智討」とか「柴田討」とか、自分が勝った戦を能にするの」

「なんか、やなやつですね」

「そうね。しかし、徳川将軍も、能の好きな人が何人かいるよね。綱吉とか家宣とか吉宗とか、能狂いじゃないかな。何がそんなに良かったのか、ちょっと分からないが」

「歌舞伎とは全然格が違ったんですね」

「そう、能は武家の式楽だけど、歌舞伎とか浄瑠璃は庶民のものとされて、歌舞伎役者とか河原乞食とかいって被差別民扱いされたりね。でもそれで歌舞伎は民衆藝能だというのも間違いで、本物の歌舞伎は本当の下層民には高くて観られなかった。シェイクスピア劇もそうで、あれは宮内大臣とか国王がオウナーをやっていた劇団だから、実際に観ていたのは貴族とか富裕な町人だね」

「でも、中央の土間は立って観ていたんだから、庶民じゃないんですか」

「うーん、そこがちょっと分からないところだなあ。しかし今でも、零細な庶民は演劇観に行くのは生涯に一度とかじゃないかな」

「能はなんでそんなに受けが良かったんですかね」

「最初から、世阿弥は足利義満にかわいがられているしね。初代や二代目の市川團十郎が将軍にかわいがられたりはしなかったわけだし」

「世阿弥はまあ、少年愛でかわいがられたわけですよね」

「そうです、でも歌舞伎好きの大名もいたんですよ。女歌舞伎を邸内で演じさせていた大名とかいましてね」

「えっ、女も歌舞伎をやったんですか」

「ええ、柳沢吉保（よしやす）の孫の柳沢信鴻（のぶとき）って大名が、江戸下屋敷の六義園（りくぎえん）で、女歌舞伎を女中に演じさせていて、記録もあるんです」

「そうでしたか」

垂髪きらりはメモを見直して、

「先生、大久保彦左衛門の『三河物語*』はどうですか」

「ああ、あったね。日本では最初の、男による自伝かもしれないね」

「え、そうですか」

「女なら『更級日記』とか『とはずがたり』とかあるけど、男では、兼好法師も自伝は書いてないでしょう」

「なるほど。同時に、徳川家康が天下をとるまでの記でもあると」

「『徳川実記』があるけど、それとは違う『家康公記』ってことだね。まあ最後のあたりは激しい自己主張になってるわけだが」

「どうですか」

「何か違うなー。文学作品として評価できるかどうか、疑問な感じがする」

「なしにしますか」

「なしにしましょう」

「それで、これから江戸時代に入るんですが、何だか先生、ゲストをお呼びしたいとかで」

「ええ、徳川時代は、もうちょっと詳しい、郷右近聖というのを呼ぼうと思って。これは知人なんだけど、この企画のことを知って、私は徳川時代に冷淡で分かってないから、暴走するに違いないからそれを止めに行くって言うんで」

「えええ……ここでいきなり喧嘩とか始めないでくださいね」

「まあ、ちょっとやりあうぐらいの方が盛り上がっていいでしょう」

「ええまあ、そうですが……」

郷右近聖は、垂髪きらりも知っている、近世文学専門の大学教授で、テレビに出ることもある人だ。

（どうか穏便に済みますように）

と垂髪きらりは内心で思い、祈った。

＊三河物語　大久保彦左衛門忠教（ただたか）が、徳川家康の生涯と自身の生涯を重ねて書いたもの。「日本思想大系26」岩波書店、現代語訳三河物語、ちくま学芸文庫

第5章

江戸文学〜歌舞伎と俳諧を中心に

「ひやー、暑いねえ」

と言いながら、結局会社が手配したタクシーに乗って、小谷崎は会社までやってきた。あとから、郷右近聖も、こちらは駅から歩いてきた。

「やあどうも、暑い中ご苦労さん」

「何か君が乱暴な選択をしないようにね、監視にね、来たんだよ」

「うん、まあそうだけど、歩いてきたの？　暑かっただろうに」

「君ほど年くってないからね」

「へえ。いや、私は根っから羸弱なんだ」

「変な言葉を使うねえ。ルイジャクだなんて」

「こちらが、担当編集者の垂髪きらりさんだ」

と、小谷崎が紹介した。

「や、どうもどうも、初めまして。うぐっ」

「ど、どうしたんですか」

「いや……」

（あとで郷右近は小谷崎に、きれいな人ですねえ、と言おうとしたが、そういうことを言うのは今はまずいんじゃないかと思って言葉を呑み込んだと話した）

郷右近は、これまで小谷崎が決めた芥川賞・直木賞（仮）の一覧を見て、

「やっぱり、かなり乱暴だね。『平家物語』に何もやらないとか、暴虐の限りを尽くしている」

「だって、それくらいないと面白くないだろう。ただの古典文学の教科書になっちまう」

「まあ、それはそうだが……。最初は何だ、仮名草子あたりか」

「江藤淳*が『近代以前』で、関ヶ原の戦いから六十年くらいは、文学史にはこれといった作品がない、関ヶ原の戦いはそれほどの文学的断絶を生み出したのだと書いていたね。仮名草子はまあ、その時代のものと言えるが……」

「歌舞伎の創始とか、古浄瑠璃*とかがあるな」

「いや、歌舞伎は野郎歌舞伎から始まるというのが服部幸雄*の見解で、俺もそれでいいと思うが、初期には作品として残っていて評価できるものがないからね。中村真一郎*が、「日本古典文学大系」（岩波書店）とか「日本古典文学全集」（小学館）が、黄表紙*や洒落本を収録しているのと同じ基準で近代文学を扱ったら、近代文学の叢書は膨大な数の通俗小説に埋もれてしまうだろうと書いていたが、まあその通りだな。仮名草子なんてのも、中世以前の基準から言ったら入るべきものじゃない」

「まあ、そうだねえ。『竹斎（ちくさい）』とかあるけど、やっぱり見劣りするよなあ」

＊江藤淳『近代以前』（文藝春秋、のち文藝ライブラリー）

＊浄瑠璃と歌舞伎　現在歌舞伎で上演される「忠臣蔵」などは、元は人形浄瑠璃で、それを歌舞伎に移したものが多く、「義太夫狂言」「丸本歌舞伎」などと呼ばれる。三大浄瑠璃「仮名手本忠臣蔵*」「義経千本桜*」「菅原伝授手習鑑*」のほか、「心中天網島」、近松門左衛門の「冥途の飛脚」を近松半二が改作した「恋飛脚大和往来」、半二の「妹背山婦女庭訓*」「近江源氏先陣館」「伊賀越道中双六」のほか「鏡山旧錦絵」「夏祭浪花鑑」など数多い。

＊仮名手本忠臣蔵　竹本座*で寛延元年（一七四八）に初演。二代竹田出雲、並木千柳、三好松洛の合作だが、のち並木宗輔を名乗る千柳が中心となっていた。のち歌舞伎の「独参湯」と呼ばれ、近世演芸史上最大のヒット作となった。元禄年間の赤穂浪士の討ち入り事件を描いたもので、同時代の戯曲化は禁じられているため「太平記」の世界へ移し、吉良上野介を高師直、浅野内匠頭を塩谷判官としている。歌舞伎でほぼ通しで上演される義太夫狂言はこれだけである。（「新潮日本古典集成　浄瑠璃集」）

＊竹本座・豊竹座　大坂の道頓堀に並立した人形浄瑠璃の芝居小屋。竹本座は竹本義太夫が創設し、からくり人形の竹田家の竹田出雲代々が座主となり、近松門左衛門を作者に擁して多くの代表曲を生み出した。

　豊竹座はこれに対し紀海音や菅専助といった作者を生んだが、十八世紀末には歌舞伎に押されて衰退し、廃座になった。

　一方、十九世紀の大坂で人形浄瑠璃の小屋として隆盛を見せたのが御霊文楽座で、植村文楽軒が経営した。人形浄瑠璃を「文楽」というのはここから来ている。

＊義経千本桜　竹本座で延享四年（一七四七）に初演。二代竹田出雲、並木千柳、三好松洛の合作。平家を滅ぼしたあと、鎌倉に帰れずさまよう義経を中心に、生きていた平家の知盛、資盛（すけもり）の運命、家臣の佐藤忠信に化けた狐などを描く。「渡海屋（とかいや）・大物浦（だいもつのうら）」で知盛は碇を体に巻き付けて海に沈み、「すし屋」ではいがみの権太が自分の妻と子を身代りにして資盛一家を救う。（「日本古典文学大系　文楽浄瑠璃集」）

＊菅原伝授手習鑑　竹本座で延享三年（一七四六）に初演。初代竹田出雲、並木千柳、三好松洛、竹田小出雲（二代出雲）らの合作。菅原道真が藤原時平に迫害された事件を描き、道真を「菅丞相（かんしょうじょう）」としている。今では歌舞伎で「寺子屋」「車引」など一部が上演される。松王丸、梅王丸、桜丸の三人兄弟の舎人（とねり）の苦衷を中心に描くが、当時の浄瑠璃によくある、子供の首を身代りにする趣向が谷崎潤一郎から批判されている。（「日本古典文学大系　文楽浄瑠璃集」）

＊妹背山婦女庭訓　竹本座で明和八年（一七七一）に初演。近松半二ら作。天智天皇の時代の政争を扱い、蘇我入鹿が悪役として登場、三笠山では久我之助（こがのすけ）と雛鳥という、敵同士の家の息子と娘の悲恋が描かれ、「日本版ロミオとジュリエット」などと言われる。ほかお三輪の嫉妬と、それを切り殺す金輪（かなわ）五郎など多彩な人物が登場する。近松半二の父は穂積以貫（ほづみいかん）という、近松門左衛門と親しかった儒者で、著書『難波（なにわ）土産（みやげ）』で「虚実皮膜の説」を伝えた。（「新編日本古典文学全集　浄瑠璃集」）

＊服部幸雄『歌舞伎成立の研究』（風間書房、一九六八）

＊中村真一郎　作家・評論家。「日本古典文学全集・夜の寝覚」の月報「『夜半（よわ）の寝覚』と現代」『中村真一郎評論集成３　私の古典』岩波書店

＊黄表紙　『江戸の戯作絵本』正編四冊、続編二冊（社会思想社・現代教養文庫）小池正胤ほか編、で代表的なものは読める。

二人の男の会話を聞いていた垂髪きらりは、

「『醒睡笑（せいすいしょう）』*とか『昨日は今日の物語』*とか、笑い話はどうですか」

と訊いた。

「ああ、それがあったか」

と小谷崎が顔を少しのけ反らして、

「それほど面白くはないんだよね。落語の源流みたいな扱いだけど」

「そうだねえ。何しろ破礼（ばれ）ばなしが多い。男色ものが多い。どっちかというと『昨日は今日の物語』のほうが下品だけれど面白いので、こちらに直木賞をやることにしたいが、それでいいかな」

「まあ、いいだろう」

「では、近松、西鶴、芭蕉まで飛びますか」

と訊いた。

郷右近が、横目でちらりと、小谷崎を見た。小谷崎も、見られたことに気づいて、少し目を郷右近のほうにやった。

小谷崎がかねて、「元禄文学」に冷淡なのを知っていたからである。

「昭和元禄、なんて言葉がはやったことがあったねえ」

と、小谷崎が言った。

「昭和四十五年、万博のころだな」

「一九七〇年ころか。俺は万博なんか行ってない。そんな裕福な家の子供じゃなかったからな」

と、小谷崎が挑発する。郷右近は、

「私は、三歳だったから、行ってはいないね」

と答えた。

「太陽の塔に立てこもった男の話は、磯崎憲一郎の小説で初めて知ったよ」

「『日本蒙昧前史』か。蓮實重彦はやたら磯崎氏を褒めていたねえ。あれは何だったんだろう」

「分からない」

沈黙が流れた。

＊醒睡笑　安楽庵策伝著の笑話集、元和九年（一六二三）岩波文庫・講談社学術文庫（全訳注）
＊昨日は今日の物語　笑話集　寛永元年（一六二四）『醒睡笑』と並び、落語の源流とも言われる。平凡社・東洋文庫（現代語訳）

「しかし」

と、小谷崎が沈黙を破った。

「説経節*とか古浄瑠璃というのも、重要なんじゃないか」

「まあ、そうだ。浄瑠璃とか、歌舞伎の源流になっているものも多いしな」

「説経節というと、『小栗判官』とかかな」

「あとはまあ、山椒太夫、苅萱、信徳丸、愛護若、信太妻だな」

「古浄瑠璃は、何があるんだっけ」

「『浄瑠璃御前物語』とかだな」

「そうだ。説経節と古浄瑠璃をあわせて直木賞というのは、どうかね」

「別に異議はない」

また、沈黙が流れた。

「西鶴ってのは、明治から大正あたりにかけて、やたら称揚されたね」

と、小谷崎が口火を切った。

「西鶴ブームがあったね」

「田山花袋なんか、率先して『源氏物語』を読むように言っていた、当時としては珍しい『源氏』の理解者なのに、『インキ壺』では『我國唯一の古典、源氏物語なども、其点に於ては、西鶴物に及ばぬこと遠い』なんて書いてるんだからねえ。もっともこれは明治四十二年（一九〇九）で、随筆『源氏物語』を書いたのは大正十四年（一九二五）だから、あとになってちゃんと読んで考えを改めたんだろうね。

樋口一葉とか尾崎紅葉が、西鶴に影響を受けたというんだが、確かに紅葉の『伽羅枕（きゃらまくら）』は『好色一代女』の焼き直しだが、一葉は、そうかなあという気がする。少なくとも内容的な影響ではない気がする。志賀直哉も西鶴好きだったが、西鶴がいい、というのをちゃんと書いたのは里見弴（とん）で、私も読んだけれど、つまり普通なら長く書くところをパッと飛ばして書くから読みにくい、だが頭がいいんだ、というわけだね。もっとも森銑三（せんぞう）が言うとおり、『好色一代男』はかなり特殊な文体だが、そのあとのは、もっと普通の文章に近くなっている」

「俳文というやつだな。君は評価しない？」

「しないというより、分からないね。『好色一代男』に、ポルノ的な面白さはない。皆無だね」

＊説経節　室町時代から行われた藝能で、近世藝能の典拠となったものが多い。平凡社東洋文庫『説経節』が網羅的に載せている。

「それはないよ。西鶴は文章がいいんだ」

「いや、西鶴が人気があるのは、柳田國男の『山の人生』で、一家心中しようとして子供二人を殺した話があるだろう。あれが人気があるのと同じなんだ。簡単な文章で残酷なことを書くという、それが受けるんだな。男性的な感覚と言ってもいい」

「なるほどね」

「『好色五人女』なんかは、人妻の貞操が厳しく求められた時代に、自由を求めて生きた女、みたいな評価をされた時代もあったね。映画の『西鶴一代女』みたいに」

「まあ、そういうこともあったが、西鶴はそういう点では女たちには冷淡だね」

「太宰治が『新釈諸国噺（しんしゃくしょこくばなし）』に書き直したやつは面白かったな」

「あれはいいね。しかし西鶴と太宰はちょっと違う」

「カネを描いたからバルザックに先がけていた、という評価もあったね」

「それは、まあ大坂町人の世界を描いたからそうなんだが、それはちょっと日本経済が上向きだった時代を反映した評価かもしれないな」

「そうだね」

二人の中高年の男が会話するのを、垂髪きらりは固唾を呑んで聞いていた。これは、どうなるんだろう……

「武家ものはどうだい」

と、小谷崎が訊いた。

「『武家義理物語』と『武道伝来記』かな。あまり議論されないし、そう面白いとは思われていないのかな。むしろ男色ものに出てくる武家ばなしのほうが有名だね」

「そうだ、『男色大鑑(なんしょくおおかがみ)』も角川ソフィア文庫に入ったね。あれの佐伯順子の解説は、男色が念者(ねんじゃ)と若衆の格差のある少年愛であって、現代人が考える同性愛とは違うということをちゃんと書いていて、いいものだったね」

「じゃあ、その解説に芥川賞を授与するか」

「ほたえな、だよ」

ふざけるな、という意味らしい。坂本龍馬が暗殺された時に、下でばたばたしている、つまり暗殺者が入ってきた時に、それには気づかず叫んだ土佐弁だということだ。

小谷崎は、郷右近としては西鶴に賞をやりたいわけだろうと察して、特に逆らわないことにした。

「じゃあ、『諸国噺』のいくつかと、『男色大鑑』のいくつかを対象に、芥川賞というのはどうだ」

「うーん、好色ものも一つは入れてほしいな」

「つまりは『一代男』だね」

「そうなるね」

「じゃあ、まあしょうがない、それに『一代男』を入れて、芥川賞でどうだ」

「よし、手を打とう」

なんか、ものの売り買いの交渉でもしているみたいだ、と垂髪きらりは思いつつ、心の中では、商店街の福引で当たりが出た時に、ガランガランと鐘を鳴らすみたいな気分になりながら、

「じゃあ、それで西鶴は芥川賞、でいいですね」

と、念を押した。

二人の中年と初老の男が、黙ってうなずいた。

「では、次は芭蕉*ですか」

また、沈黙が流れた。口を開いたのは小谷崎だった。

「十八世紀のフランスの記録作家にバショーモンってのがいてね、日本語訳がないんで知られてないが、日本で聞くと「芭蕉門」みたいな感じがするよね」

「そうか。……」

「いや、桃青についてはだな、俳諧連歌の宗匠（そうしょう）として見るか、発句の作者として見るかで違

ってくる感じがするんだな」

「まあ、それはそうだな」

郷右近が、むっつりと答えた。

「まあ、世間では『奥の細道』の作者として名高いが、「空に横たう天の川」とか「岩にし

＊芭蕉（一六四四－九四）松尾芭蕉。桃青（とうせい）。伊賀上野の出身。『野ざらし紀行』『猿蓑（さるみの）』『奥の細道』など。

・霧しぐれ富士を見ぬ日ぞ面白き
・道のべの木槿（むくげ）は馬にくはれけり
・明ぼのやしら魚しろきこと一寸（いっすん）
・狂句こがらしの身は竹斎に似たる哉
・海くれて鴨のこゑほのかに白し
・山路来て何やらゆかしすみれ草
・蛸壺やはかなき夢を夏の月
・行春や鳥啼魚の目は泪
・あらたふと青葉若葉の日の光
・夏草や兵どもが夢の跡
・五月雨の降のこしてや光堂
・閑さや岩にしみ入蝉の声
・五月雨をあつめて早し最上川
・象潟（さきかた）や雨に西施（せいし）がねぶの花
・荒海や佐渡によこたふ天河
・一家（ひとつや）に遊女もねたり萩と月
・むざんやな甲（かぶと）の下のきりぎりす
・蛤のふたみにわかれ行秋ぞ
・行春を近江の人とをしみける
・秋深き隣は何をする人ぞ
・此秋は何で年よる雲に鳥
・旅に病で夢は枯野をかけ廻る

みいる蝉の声」とか「蛙飛び込む水の音」とかいうのは、どうも人口に膾炙しすぎて、あまり名句感がなくなっている気がする」

「そうかね。まあしかし、芭蕉については単独の句だけではなく、俳諧連歌を鑑賞すべきだろうね」

「うむ、だから私は芭蕉をちゃんと読めていないと言うほかないんだ。七部集とか全部読み通すみたいな根気はないからね。だから芭蕉を云々する資格はないんで、これは君に任せるよ」

「へえ、それはまた素直だな」

「すると、やっぱり芥川賞になるかい」

「まあ、なるね。芭蕉七部集、まとめて芥川賞だ」

「ふーむ」

垂髪きらりは、小谷崎がちょっと元気をなくしたみたいな気がして、気になった。

「では、近松はどうでしょう」

と、先を促すと、二人はまた、ふうーい、とため息をついた。

「これまた、多いしねえ」

「で、君はまた、心中ものを認めないわけだろう」

と、郷右近が言った。

「いや、『天網島（てんのあみじま）』*ならいいよ。だらしないところがね」

「そうさね」

「だいたい、戦後、『曾根崎心中』の復活上演からこの方、ワグナー的に受容されすぎなんだよ、あれらは」

「まあ、それは認めるが……」

「しかも心中ものなら、紀海音（きのかいおん）だっているのに、近松ばかり言いすぎる」

「確かにそうだが」

「当時は時代ものの方が人気だったろう。『国性爺（こくせんや）』*とか」

「まあ、そうだな」

---

*心中天網島　近松門左衛門作の世話浄瑠璃。享保五年（一七二〇）大坂・竹本座で初演。大坂天満の紙屋の主人治兵衛は、おさんという良妻を持ちながら紀ノ国屋の小春という花魁（おいらん）と相愛の仲になるが、おさんの頼みで小春は治兵衛に愛想尽かしをする。だが、小春が自害するつもりだと知ったおさんは、治兵衛を送り出そうとするが、おさんの父が怒っておさんを実家へ連れ戻し、面目を失った治兵衛は小春と心中する。歌舞伎では「河庄（かわしょう）」の段の、小春に未練たらたらのだらしない治兵衛の、大坂町人特有の「つっころばし」という情けない姿がコミカルに上演される。

「俺は『出世景清(しゅっせかげきよ)』＊がいいと思うな」

「まあ、近世浄瑠璃最初の作とされているわな」

「景清の最初の愛人に二人の男児がいるんだが、景清が身分の高い女を妻に迎えるつもりだと思って、牢内の景清の前で二人の子を殺してしまうんだ」

「それは知らなかったな。歌舞伎の景清ではそれはないな」

「これはエウリピデースの『メデイア』と同じなんでな、そこが面白いと思う」

「何か伝播(でんぱ)した証拠でもあるのかい」

「いろいろ調べたが、ないね。だからユーラシア大陸に伝わっていたある型じゃないかと思う」

「そういう学問的な……いやお前さんのことだからのぞき見的な関心で好きなのか」

「まあ、のぞき見ってことはないが、そうだ」

「へえ、じゃあ私は『天網島』をとるね」

「では君が『天網島』で、俺が『景清』とするか」

「芥川賞？」

「うーん、まあそれでいいだろう、君もか」

「そうだね」

「しかし、近松にやって紀海音にやらないのは手落ちじゃないか」

「そうだね。君はどうだい」

と、郷右近。

「しかし、海音はほとんど心中ものしか読んでないからねえ」

垂髪きらりが、

「あの、『八百屋お七』はどうなんでしょう」

と口を入れた。

「ああ、あったねえ、そういうの。人形振り？」

＊国性爺合戦　近松門左衛門の時代浄瑠璃。正徳五年（一七一五）竹本座で初演。満州族による侵略に遭った漢民族の鄭芝龍（ていしりゅう）と日本人妻の息子・鄭成功を主人公としている。そのため国姓爺の名をもらうが、浄瑠璃では「国性爺」となっており、和藤内（わとうない）の名で活躍し、「とらやあやあ」という掛け声が人気を博し、近松最大のヒットとなった。

＊出世景清　近松門左衛門の時代浄瑠璃。貞享（じょうきょう）二年（一六八五）、竹本座で初演。近世浄瑠璃の最初とされ、それ以前の浄瑠璃を「古浄瑠璃」と呼ぶ。平家の残党悪七兵衛（あくしちびょうえ）景清を描いたもので、のち『壇浦兜軍記』に登場する阿古屋（あこや）などの愛人がいるが、ここでは牢内の景清が、子供を産ませた女のほかに正妻を持とうとしたため、愛人が怒って牢の景清の前で子供二人を殺すという場面がある。

　垂髪きらりが、

「映画で、富田靖子が人形振りのお七を演っていました」

　と言った。

「あったねえ。『BU・SU』とかいう、ブスじゃないからやれる映画みたいな……」

「あれはなんか、口碑(こうひ)レベルというか、文学として評価するものじゃないかもしれない」

　と、小谷崎。

「覗きからくり」

「そうそう」

　ということで『八百屋お七』は却下された。

「あのう、なんで『おさん茂兵衛(もへえ)』とか『小春治兵衛(じへえ)』とか、女の名前が先に来るんでしょうか」

　と垂髪きらりが訊いた。小谷崎はすぐ、

「語呂がいいからでしょう。『茂兵衛おさん』だとおかしい」

「あ、単にそれですか」

　と、ちょっと垂髪きらりはがっかりしたようだった。

「柳家小さんって落語家がいるけどね。あれは、そういう男女カップルの「小さん金五郎」

というのをひっくり返して「禽語楼小さん」とやったのが最初で、それがいつしか落語家の名前になったんだ」

「あっ、そうなんですか。小さんって元は女の名前なんですね」

「そう」

へええ、と言って垂髪きらりは、またメモをとった。

「そうだねえ。浄瑠璃もいろいろ読むと、現代を生き延びるには無理な文藝じゃないかという気がするしね」

「いや……まあ、それは私は何とも言えないが……」

「どうする、このあと続けて、近松半二あたりまで浄瑠璃で行くかね」

「まあ、いいだろう」

「大島真寿美(ますみ)という人が近松半二とそのあとを描いた、直木賞をとったのとその続編は良かったね」

「なんていうタイトルだ」

「あれがね、難しくて覚えられない……『渦……妹背山婦女庭訓……』であと三文字なんかつくんだ」

垂髪きらりがすぐ検索して、

「『渦　妹背山婦女庭訓　魂結び』と『結　妹背山婦女庭訓　波模様』です」

と教えた。

「そうだ。『結』のほうは、半二没後の、『伊賀越（道中双六）』*の補筆をした女作者とか、半二の弟子筋を半分フィクションで書いたものだが、あれを書くために浄瑠璃を習ったというから本格派だね」

「へえ、そうかい」

「大学で文学教えている人にも、現代文学も読む人と、自分の専門のものしか読まない人とがいるね」

「そうだね」

「近松のあとは、竹田出雲二代に、三好松洛、並木宗輔（千柳）に、文耕堂とかいろいろいるね」

「まあ浄瑠璃は合作が普通なので、作品ごとにやるということにしようや」

「そうだね。まあ俺はやっぱり『忠臣蔵』は直木賞だな」

「早いね。それは異論はないが、『菅原（伝授手習鑑）』や『（義経）千本桜』はどうだい」

「『忠臣蔵』に比べると部分的にしか面白くないから、ちょっと落ちるな」

「まあ、そう言いなさんな。それじゃ、この二つは私が直木賞をやるというので、どうだ」

「ほかに色々あるな。『絵本太功記*』『伽羅先代萩*』『ひらかな盛衰記』とか……。どうだ、直木賞やりたいの、あるか」

「『絵本太功記』は、太十……尼崎の段だけやりたい気がする」

「『蘆屋道満大内鑑*』は、どうですか」

と、垂髪きらり。

「ああ、それがあったか。『葛葉子別れ』ね……」

「初代出雲時代のものかな」

「安倍晴明も出てくるし、舞踊の『保名』へもつながっているから、大まけにまけて直木賞

---

*伊賀越道中双六　竹本座で天明三年（一七八三）に初演。近松半二が未完のまま死んだため、近松加作が加筆して完成させたが、加作の正体は不明で、大島真寿美はこれを女だという設定にしている。荒木又右衛門の仇討ち（助太刀）を下敷きにしており、「沼津」の段が歌舞伎ではよく上演される。（「日本古典文学大系　文楽浄瑠璃集」）

*絵本太功記　寛政十一年（一七九九）豊竹座で初演。近松柳ら作。羽柴秀吉が明智光秀を討つ話を、小田春永（信長）、真柴久吉、武智光秀の変名で書いているが、その十段目・尼崎の段が「太十」の略称で呼ばれよく上演される。真柴久吉が光秀の家に忍び込み、光秀が久吉と思って実の母を槍で刺し殺す段と、光秀の息子十次郎の戦死を、恋人初菊をからめて演じている。

かな」

「はい、分かりました」

「あ、そうだ。初代竹田出雲に『三荘大夫五人嬢(さんしょうだゆうごにんむすめ)』*って浄瑠璃があるんだけどね」

「はい」

「この中で、伯父が姪と結婚しようとしているんですよ。「叔父姪夫婦(めうと)は異なものながら。是も世間に有習ひ」と本人は言ってるんだけど、あとで善玉からは「現在の伯父の身でお姫様に惚ると言」って非難されてるんだよね」

「へえ」

「島崎藤村が姪のこま子に子供を産ませてしまって、フランスから帰ってきてまた関係しちゃったのは知ってるでしょう、『新生』に書いてある」

「はい」

「あの時藤村は、こま子と結婚できたらしようと思っていたらしいんだがね、それが頭にあったからこの浄瑠璃を読んで、へえと思ったね」

「私もへえ、です」

　垂髪きらりは、また右手で、へえへえ、の仕草をした。

「こまぎれ直木賞になるなあ。浄瑠璃の正本は、全部読むとげんなりするからなあ」

「まあ、そう言うなって」
「俺が教わったことのあるサコミズ教授ってな、『夏祭浪花鑑*』を歌舞伎だと思っていたぞ」
「『浪花鑑』なあ……あれも直木賞かなあ」

*伽羅先代萩　伊達騒動を扱った浄瑠璃・歌舞伎で、歌舞伎は安永六年（一七七七）大坂中の芝居で上演（奈河亀輔ら作）、浄瑠璃は天明五年（一七八五）、江戸結城座で上演された松貫四作。現実の伊達騒動で悪役とされる原田甲斐が、ここでは足利家の内紛に置き換えられ、原田甲斐は仁木弾正として妖術を使う。奥女中政岡の忠義の段、加役*として立役の俳優が女を演じる八汐、花道のすっぽんからせり上がる仁木弾正など見どころも多い。

*加役　歌舞伎で、立役（男役）専門の役者が女の役をやること。たとえば八汐を十三代團十郎がやったりすること。七代目尾上菊五郎のように、立役も女方もやる役者を「兼ねる役者」というが、加役をやったからといって「兼ねる役者」とは言わない。

*蘆屋道満大内鑑　享保十九年（一七三四）竹本座で初演。初代竹田出雲作。安倍保名が狐が化けた妻を持ち、息子に安倍晴明を持つが、正体が分かって障子に「恋しくば訪ねきてみよ和泉なる信太の森の恨み葛の葉」と書き残して去る場面が有名。ここから、恋人の榊の前を失った保名が狂い舞をする「保名」が派生している。

*三荘大夫五人嬢　享保十二年（一七二七）竹本座初演、初代竹田出雲作。（『竹本座浄瑠璃集（一）』叢書江戸文庫、国書刊行会）

「じゃあ俺はつきあいで、『鏡山旧錦絵（かがみやまこきょうのにしきえ）』*に直木賞をやっておくか」

垂髪きらりは、メモをとるために、ちょっとそこで止めてください、と言った。

「こうしてみると、いろいろあるもんだな」

「肝心の近松半二は、どうするんだ」

「やはり半二は特別だな。半二として直木賞受賞ということにしよう」

「『妹背山』『近江源氏先陣館』*『伊賀越』と、やはり名作が多いな」

「うん……あとは『野崎村』（新版歌祭文（うたざいもん）*）か……。お光とお三輪の造形が際立っている。漱石の『三四郎』に、三輪田のお光さんというのが、郷里で三四郎の嫁に擬せられている娘として名前だけ出てくるが、あれは『野崎村』と『妹背山』からとった名前だと思うね」

「ほう……」

「お三輪に注目した直木賞作家（大島真寿美）もさすがだ」

「本家の直木賞だな」

「あとは……『摂州合邦辻（がっぽうがつじ）』*……。これは、いいと思うね」

「母の恋慕」

「ラシーヌかエウリピデースか、というやつだね。ちょっと猟奇的に好いてる人もいるみたいだけど、これも直木賞でいいだろう。作者は誰だっけ」

「菅専助の豊竹座組だな」

「作者なんかどうでもいいというところが、浄瑠璃にはあるな」

「『先代萩』はどうだい」

＊夏祭浪花鑑　延享二年（一七四五）竹本座で初演。作者は初代並木千柳・三好松洛・竹田小出雲（二代出雲）。団七九郎兵衛が、義理の父である三河屋義平次を殺す話。

＊鏡山旧錦絵　天明二年（一七八二）江戸外記座で初演された人形浄瑠璃「加々見山旧錦絵」を元にした歌舞伎。容楊黛作。加賀騒動を元に、鎌倉幕府の頼朝の娘大姫おつきの奥女中の争いを描き、正義の中老尾上が悪の局・岩藤に嘲弄されて切腹する。尾上の家臣のお初が岩藤を討つもので「女忠臣蔵」とも言われ、徳川時代後期の女歌舞伎でよく上演された。続編として、岩藤が亡霊として復活する歌舞伎「加賀見山再岩藤」があり、「骨寄せの岩藤」と呼ばれる。（『歌舞伎オン・ステージ6』白水社）

＊近江源氏先陣館　竹本座で明和六年（一七六九）に初演。大坂の陣を扱っているが、鎌倉時代に変えられており、北条時政（家康）が源頼家（豊臣秀頼）と戦をするという破天荒な筋になっており、幕府から見逃されたもの。真田信之・幸村兄弟が敵味方に分かれた件を、佐佐木盛綱・高綱に変えており、「盛綱陣屋」が歌舞伎でよく上演される。

＊新版歌祭文　竹本座で安永九年（一七八〇）に初演。近松半二ら作。大坂の油屋お染と丁稚久松の心中を描いているが、久松の郷里・野崎村で、いいなずけのお光と会って父・久作と別れる「野崎村」の段が歌舞伎でよく上演される。

「あれはねえ……。歌舞伎で観た感じだと、「飯炊(ままたき)」のところが、意味なく長い」

「あまり優れた台本とは思われていない感じだな」

「浄瑠璃の一大欠点が、子供を犠牲にするところで、これは特にそれがひどい。毒食って苦しんでる千松(せんまつ)を蹴飛ばしたりするからね」

「ああ、あれはひどいね」

「明治期の女歌舞伎では、そこを嫌ったのか、黙阿弥の『実録先代萩』のほうをよく演っているね」

「子供が殺されないほうかな。まあ、そういうことはある」

「だから、これはなしだ」

「別に異議はない」

二人の意見が一致したようで、垂髪きらりは、ほっとした。

「『桂川連理柵(かつらがわれんりのしがらみ)』*、お半長右衛門(はんちょうえもん)は、いいね」

「ああ、ロリコンものだって言いたいんだろう」

「十四歳だからね。しかし、君これ、歌舞伎で観たことあるか」

「ないね。米朝の『どうらん幸助』で聴いたことがあるし、台本は読んだが、実際に上演されるのは少ないいね」

「お半が出てくるのは歌舞伎座で二〇〇〇年に、三代目鴈治郎（坂田藤十郎）のお半と吉右衛門の長右衛門でやっている」

「それは見損ねたかもしれないなあ。つまり観てないわけだが、これは文学の賞だから、台本を読んだだけでも直木賞にしよう」

「あのう、質問があるんですが」

と、垂髪きらりが言った。

「何でしょう」

「清元とか長唄とか言いますね。あれって、どうやって区別したらいいんでしょう」

＊摂州合邦辻　豊竹座で安永二年（一七七三）初演。菅専助・若竹笛躬作。説経節「しんとく丸」を元にしたお家騒動ものだが、義理の母の玉手御前が婚約者のいる信徳丸に恋慕するという展開が、ラシーヌの「フェードル」やその原典のエウリピデース「ヒッポリュトス」に似ているというのでよく比較されるが、「合邦」は玉手の父で、玉手を刺し殺すが、実は恋慕は敵方の目をくらますための策略であったという浄瑠璃らしいオチになっている。（「日本古典文学大系　文楽浄瑠璃集」）

＊桂川連理柵　安永五年（一七七六）大坂北堀江市の側芝居、豊竹此吉座初演。菅専助作。京都の町家を舞台に、帯屋長右衛門の家での、姑の嫁いじめ、長右衛門と石部の宿で間違いを犯した十四歳のお半の色事を描いた異色作。（「新潮日本古典集成　浄瑠璃集」）

「それは難しい。浄瑠璃の中に、義太夫と清元と長唄があるんだけど、義太夫はまあ人形につくものだから、太夫がうなっていて、隣で三味線を弾いているやつだけど、長唄や清元は大勢座って三味線弾いてユニゾンで歌う。芸人の名前は清元は清元延寿太夫とかね。今の延寿太夫は尾上右近の父親で、少年のころ岡村菁太郎って本名で役者をやっていて、テレビの『笛吹童子』の主役とかやっていて、すごい美少年だったんだけど、清元の家元の子だったからそれを継いで、だから尾上右近も同時に清元栄寿太夫って、父の前名を継いでいる。長唄のほうの芸名は杵屋とか稀音家とかいって、杵屋と杵家とある。藝者とかが三味線で弾いているのが長唄かな。あと浄瑠璃ではないのが常磐津。しかし長唄と清元の区別なんてのは、よほど熟達しないと聞いただけでは分からない。見台の形が違うから、素人はそれで見分けがつくというようなものです」

垂髪きらりは、

「あのう、さっきから直木賞ばっかりなんですが、芥川賞はあまり出ないんでしょうか」

と口を出した。二人は顔を見合わせて、

「いやあ、近世文藝の有名どころは、近代的基準からは通俗が多いんだよ。純文学と言えるのは韻文、つまり漢文、漢詩に短歌、俳諧と随筆じゃないかな」

と、小谷崎が解説した。

「それじゃあ、新井白石はいかがですか」

と垂髪きらり。男二人は顔を見合わせた。

「『読史余論』とか『折たく柴の記』かな……」

「あとは『西洋紀聞』か。まあ、世間的名声からいえば、それで芥川賞なんだがね……」

と、小谷崎。

「気に入らないかね」

「『読史余論』は『神皇正統記』と似すぎているしね。『折たく柴の記』も、父を訴えた娘のところが……」

「別に白石が、娘が罪に価すると言っているんじゃないんだから、いいんじゃないか」

「そうねえ。まあじゃあ、君の判断で芥川賞ってことにしてくれ」

「いいよ」

「あと、平賀源内はどうですか。風来山人」

垂髪きらりが水を向けた。

「『風流志道軒伝』なんて、くだらないものだ」

と、小谷崎。

「浄瑠璃はどうですか」

「『神霊矢口渡(しんれいやぐちのわたし)』、大したものじゃないな」

垂髪きらりが、困った顔をして、助けを求めるように郷右近のほうを見た。

郷右近も、

「私は源内がそれほどいいとも思ってないなあ」

「じゃあ、なしですね……」

垂髪きらりは、ちょっとがっかりした風で、

「それでは、貝原益軒(えきけん)は……」

「『養生訓』*？　なんか、文学作品じゃない気がする……」

「では、『葉隠(はがくれ)』*は」

「三島由紀夫が好きだったという点でもう御免だし、あれは徳川時代には異端の書で、昭和戦前の軍国主義の時代に流行したものだから、絶対ダメ」

と小谷崎が断言した。

「しかしこんな調子で、荻生徂徠とか室鳩巣(むろきゅうそう)とか言われると、文学賞じゃなくなっていくな」

と郷右近がうなった。

「いえ、それはないです。まあ随筆というのもありますが……」

「蕪村なら問題ない」

と、小谷崎が言った。

「芥川賞ですか」

「蕪村に、そう、芥川賞。「菜の花や月は東に日は西に」「五月雨や大河を前に家二軒」。いいねえ」

「心が近代だな」

「若いころ、電車に乗っていたら、日本語を勉強しているらしい西洋人の青年が、同行の日本人のおばさんに「五月の雨、これなんですか」って聞いてるんだよ。だけどおばさんは別に日本語の先生ではないらしくて、「ゴガツアメよ、五月の雨はゴガツアメ」って言ってるから、俺はたまりかねて、「五月の雨はサミダレですよ」って口を出したんだけど、二人に

＊養生訓　儒者・貝原益軒が著した健康についての著書。

＊葉隠　佐賀藩の山本常朝（つねとも）が口述し、田代陣基（つらもと）が筆記したもので、武士道について説き「武士道とは死ぬことと見つけたり」という語で知られる。異端の書とされ、佐賀藩でも禁書とされていた。昭和初年に軍国主義とともに栗原荒野（あらの）らによって流行した。東大倫理学科では和辻哲郎以来これを尊重し、右翼的な書でありながら岩波文庫にも入っている。晩年の三島由紀夫が愛好し、『葉隠入門』を書いたことから、今も右翼的な方面に人気が高い。

無視されたことがある」

「怪しいやつだと思われたんじゃないか」

「いやいや、ごく真面目な若者の恰好だったよ」

垂髪きらりが、

「五月雨って今では六月に降る雨ですよね」

「そう、旧暦五月だからね。五月闇（さつきやみ）も六月。大平総理が死んだ時、「五月闇」の入った手向けの句を出していた政治家は誰だっけな」

「黄表紙はどうだい」

と、郷右近。

「出たね。通俗文藝の山」

と小谷崎が答えた。

「ダメかね」

「それが、そうでもないなあ。初期のやつは、捨てがたいのがある。芝全交（しばぜんこう）の『大悲千禄本（だいひのせんろっぽん）』、朋誠堂喜三二（ほうせいどうきさんじ）の『親敵討腹鼓（おやのかたきうてやはらつづみ）』、唐来参和（とうらいさんな）の『莫切自根金生木（きるなのねからかねのなるき）』、このあたりが好きなんだなあ」

「ははあ、武士が書いたような、薄汚さがないのがいいんだな」

「そうだね。お伽噺風の質朴なところがいいのさ」

「だったら『鳥獣戯画』*だっていいんじゃないか」

「ああそうか。じゃあいいよ、今の黄表紙と、『鳥獣戯画』と、どっちも直木賞だ」

垂髪きらりは「黄表紙」でウィキペディアを検索して、小谷崎があげた題名を確認してメモにしたが、

「『金々先生栄華夢』*とか『江戸生艶気樺焼』*はどうなんですか」

と訊いた。

「ああ、文学史に載ってるやつね。あれは単に文学史的な意味で載ってるんで、大した作じゃないから、いいよ」

と小谷崎が答えた。郷右近も、別に異議があるようでもなかったから、垂髪きらりは納得

---

*鳥獣戯画　「鳥獣人物戯画」十二～十三世紀の成立。鳥羽僧正作と言われてきたが、関係ないらしい。物語も不明。かつて日本のマンガの元祖とされてきたが、今では特に関係ないとされている。
*金々先生栄華夢　恋川春町の黄表紙。安永四年（一七七五）。黄表紙の始まりとされる。「蘆生の夢」を元ネタにした、金持ちになる夢を一瞬のうちに見たというもの。
*江戸生艶気樺焼　山東京伝の黄表紙。天明五年（一七八五）。若旦那が色事に耽り心中の真似事をするが、親たちの策略だったという話。

した。

「あと、『日暮硯（ひぐらしすずり）』*はわりあい好きなんだよね。信州松代藩・真田家という、大坂の陣で徳川方に立った真田信之の子孫の家の家老の恩田木工（もく）の著とされていたが、どうも後世の家臣が恩田木工のことを書いたもので木工自身の著書ではないらしいね。となると……でもまあ、いいか」

「薄い本だね」

「最初のほうに、家臣から鳥を飼うことを勧められた真田幸弘が、大きな鳥かごを作ってその家臣をその中に入れて、気分はどうかと訊いて、鳥だってこんなところに入れられたら嫌だろうと鳥を飼うことが鳥には迷惑だと分からせるところがある。あの視点があったのは面白いと思ってね。アンデルセン……アナセンがそういうことを書いているけど、今でも動物園とかそれをやってるからね」

垂髪きらりは、ちょっと目を輝かせて、

「それはいいですね、読んでみたいです」

と言った。

「アンデルセンって、デンマークの童話作家だが、アナセンとかアネルセンとか言うのが正しいんだが、同性愛者だったと言われているんだがね、私は性同一性障害だったんだろうと思っている」

「いまはやりのトランスジェンダーですか」

「いや、まあ……。親しくしていた男に執着して追い回したということがあったらしいので、トランスジェンダーの異性愛ってことになるね。そう考えると、人魚姫が人間になって足の痛みに苦しんだというのは、性同一性障害の苦しみを表現していたことになるねえ」

「そうなんですか」

「オスカー・ワイルドなんか同性愛で牢獄にも入っているが、『幸福の王子』とか、いかにも同性愛者が書いた感じがする。ジャン・コクトーの『恐るべき子供たち』もそうだな」

「へええ」

垂髪きらりは、本筋とは関係ないメモをとり、顔をあげて、

「上田秋成*ですね！」

と言ったが、これが大変なことになった。郷右近は、

＊日暮硯　松代藩・真田家で、十八世紀に藩政改革を行った恩田木工の事績を描いた書物で、かつて木工の著とされていたが今は後代の家臣によるものとされる。イザヤ・ベンダサンが『日本人とユダヤ人』（一九七〇）で木工を礼賛したので有名になった。笠谷和比古校訂の岩波文庫新版がある。

「おお、秋成ならこれは堂々の芥川賞だな！」

　と答えたが、小谷崎は渋い顔をして、

「いや、どうかな。秋成はアマチュアだし」

「……いや、作品の質が問題だろう」

「『夢応(むおう)の鯉魚(りぎょ)』とか、要するに元ネタがあるだろう」

「しかし『春雨(はるさめ)物語』の「白山」とかは別に外国ネタではないぞ」

「作品数が少ない、馬琴*や一九に比べたらね」

「どうぞ……」

「本物の藝術家は寡作なもんだ」

「『諸道聴耳世間猿(しょどうききみみせけんざる)』とか、浮世草子が面白くない」

「本居宣長と論争しているだろう」

「あれは宣長がバカ過ぎる。頭のおかしいやつと論争しただけだ。馬琴が論争していたら宣長なんかコテンパンにやられていたよ」

「どうもお前は馬琴びいきでいかんよ。秋成のほうが文章が見事だ」

　といった具合に、論争が始まってしまったのである。別室にいた杉白江隆房も、騒ぎを聞きつけてやってきて、心配そうに見ていた。

「お前が秋成に冷たいのは、大阪が嫌いだからじゃないか」

「だいたい、『雨月物語』ってのは、いかにも西洋かぶれの文学青年が好みそうでいかんよ」

「む……。そこまで言うか。そういうことを言うからお前の小説は売れないんじゃないか」

「何を言うか」

垂髪きらりは、

「あの、近世については、お二人別々の授与でも構わないので、郷右近先生の芥川賞という

＊上田秋成（一七三四－一八〇九）大坂生まれで、養家の商売を継ぎ、儒学・国学などを学び、のち医師となり、京都へ移った。『諸道聴耳世間猿』『世間妾気質（せけんてかけかたぎ）』などの浮世草子を書いたのち、『雨月物語』を書いたが、広くは知られず、大正時代に佐藤春夫などによって高い評価を受けるようになった。本居宣長が、日本を世界に卓越した国としたのに対して反論した。ほかに『春雨物語』がある。

＊曲亭馬琴（一七六七－一八四八）貧しい武士の滝沢家に生まれ、兄たちは渡りの武士としてかつかつの生計を立てた。山東京伝に半ば弟子入りし、下駄屋の婿となり、洒落本、黄表紙、合巻（ごうかん）＊、読本を多く書いた。京伝とともに、初めて原稿料をもらった作家とされる。真山青果『随筆瀧澤馬琴』（岩波文庫）が古典的な伝記である。

＊合巻　徳川期のフィクションの分類は、内容と本の形が入り混じっている。合巻と黄表紙は、絵の間に文字が書かれた形式で、合巻と読本は本格的なフィクションだが、馬琴の場合、合巻は仇討ちものが多い。

ことで、どうでしょう」

と調停に出た。

「郷右近の、ということならいいが、芥川賞ではなく、直木賞にしてくれないかな。何しろホラーものが中心だろう」

と、小谷崎がおっかぶせるようにして言った。

郷右近は、ちょっと呻っていたが、

「馬琴は、どうなるんだ」

と訊いた。今度は小谷崎が、ちょっと黙った。

「芥川賞・直木賞の同時授賞のつもりだ」

と小谷崎が言ったから、郷右近は、ため息をついた。

「分かったよ、根負けしたよ……直木賞でいいよ」

「しかしそういう言い方も、直木賞に対して失礼だな。立原正秋かよ」

「立原正秋？」

と垂髪きらりが口を出した。

「ああ、立原正秋は、私が大学へ入ったころ死んだ直木賞作家だが、芥川賞のほうが良かったと恨み言を言った珍しい作家だよ。車谷長吉なんか、芥川賞がとれないなら直木賞でもいい、という立場だったのにね」

と小谷崎が解説を加えた。

「じゃあ、馬琴ですか」

と垂髪きらりが顔に恐怖を浮かべながら言った。

「馬琴は、日本の三大文学者の一人と言ってもいい。芥川賞と直木賞だ」

と、小谷崎が断言する。すっかり意気阻喪した郷右近が、しかし最後の力を振り絞るように、

「あのー、直木賞は別に異議ないんですが、何をもって芥川賞なんでしょう」

と訊いた。

「『吾が仏の記』と『羇旅漫録』、それに『兎園小説』編纂などの業績だな」

と小谷崎が答えた。

「念のために直木賞のほうの主たる業績を言えば、『南総里見八犬伝』『椿説弓張月』『近世説美少年録』『開巻驚奇俠客伝』だな」

と意気軒高である。郷右近は、黙ってうなずいた。

「ところで『椿説弓張月』は「ちんせつ」と読むんだが、秦恒平先生から、あれは「ちんぜい」を含んでいて、鎮西八郎為朝を意味させているんじゃないかというご意見があった。そ

れは言っておきたい。あともちろん『八犬伝』は、後半はともかく、序盤は傑作だ。柳田國男は馬琴を嫌っていたらしいので、『水滸伝』の真似だみたいなことを言っているがとんでもない。『水滸伝』もエライ小説だが、あの偰子(せっし)と、『八犬伝』の伏姫(ふせひめ)自害に至る冒頭部では全然物語としての構成力が違う。史実をもとにしながらイマジナリーな物語を作っていく手腕は、紫式部に匹敵する。しかも尊王思想まで巧みに織り込まれている」

「郷右近先生は、何か、ありますか」

「うう、いや、いいよ」

「では、次へ行きます。一茶、*どうでしょう」

「ああ、それはいいね。芥川賞」

「意義なし」

「簡単でしたね」

小谷崎が、

「いや、七番日記を入れておきたい」

と言った。郷右近はちょっと眉をひそめた。

垂髪きらりが、解説を求める顔つきをした。

「一茶は五十を過ぎて、遺産相続のもめごとの解決がついて、郷里の信州に帰り、妻を初めて娶った」

「はい、年をとって」

「徳川時代というのは、男が四十過ぎて妻を娶れないということは、ざらにあった。多くの男が妻を娶れるようになったのは、明治以後です」

「あ、なるほど」

「その日記には、朝三とか、セックスの数が書いてある」

「あ……」

「三、というのが、三回射精したの意味だとすると、五十を過ぎて精力絶倫だと思う。単に三回入れたというだけかもしれない」

「う……」

「こういう話は、してもいいのかな」

＊一茶（一七六三－一八二七）信州の人。「おらが春」「父の終焉日記」など。なお本来、俳人・戯作者の名は「芭蕉」「蕪村」「馬琴」など、苗字はつけずに称した。

・これがまあつひの栖（すみか）か雪五尺

・梅が香やどなたが来ても欠茶碗

「馬琴で思い出したが、『北越雪譜』はいいね。芥川賞にしよう」

「意義なし」

と、郷右近。

「越後の鈴木牧之*ですね」

「うむ、しかし山東京山*との合作だから、そういうことにしておこう」

「あ、そうなんですね」

「山東京伝のほうは、どうなんですか」

垂髪きらりが訊いた。

「悪いが、俺はとらない」

「評価する人はいるけどねえ。『忠臣水滸伝』とかかなあ」

「馬琴の影に隠れる感じがするね。読本作者は(建部)綾足もそうだな」

「柳亭種彦*は、どうですか」

「存外大したこと、ない気がする。これから読むこともないだろうな」

「そうですか……」

「式亭三馬*は、どうでしょう」

「ううーむ……」

小谷崎が考え込んだ。郷右近が、

「『浮世風呂』とか、当時の口語を記録した功績があるから、芥川賞でいいんじゃないか」

と口を出し、小谷崎も、

「まっ、それはそれでいいだろう」

と容認した。馬琴は三馬や一九（いっく）をバカにしていたのだ。

「まあよく知られているだろうが幸田露伴（ろはん）は「馬琴の小説とその当時の実社会」で、『八犬

＊鈴木牧之（一七七〇－一八四二）越後の商人。雪国の生活を描いた地誌を書こうとして、原稿を馬琴に送ったが、まとまった著述でないため馬琴が放置した。牧之はついに山東京山に送り、京山が半分くらい読物風に加筆して刊行された。その過程で馬琴と京山が喧嘩することになった。『八犬伝』に登場する越後の石亀屋治団太（じだんだ）のモデル。

＊山東京山（一七六九－一八五八）山東京伝の弟。九十歳近い長命を保った。

＊柳亭種彦（一七八三－一八四二）本名は旗本の高屋彦四郎。『源氏物語』を室町時代に移し、足利光氏を主人公とした合巻『偐紫田舎源氏（にせむらさきいなかげんじ）』で人気を博したが、天保の改革で譴責を受け、自害したとも言われる。

＊式亭三馬（一七七六－一八二二）滑稽本作者。『浮世風呂』『浮世床』で知られ、『浮世床』は落語の元ネタにもなっている。

伝』で悪役とされている網干左母二郎は、当時の一般的風潮では、粋でものの分かった愛すべき人物だが馬琴はそうはとらない、京伝や一九や三馬や種彦や春水の世界では丹次郎みたいのが主人公になるが馬琴はそうではないと書いた。つまりまあ馬琴のヒーローは加藤剛みたいなやつで、当時の一般的ヒーローは長渕剛みたいなやつだということだ」

「ええっと、今の若い人に分かるように言い換えると、堺雅人と大泉洋……みたいな？」

「ううん、大泉というかね、もうちょっと浮気な……中村獅童みたいな」

「おお、身もふたもないことを……」

垂髪きらりは、トイレへ行ったが、どこかで笑っていたに違いない。戻ってきて、

「十返舎一九*はどうでしょう……」

「あの人、人情本の始祖でもあるんだよね。たいへん多作だ。しかしここは『膝栗毛』で評価すべきなんだろうな」

「まあ、直木賞か……」

「そうだねえ。同性愛カップルでもあるし」

「大田南畝*はどうでしょうか」

と、垂髪きらり。小谷崎は郷右近のほうを向いて、

「任せるよ」

と言った。郷右近は、

「これは大物だね。特に狂歌。芥川賞でいいね」

と言った。

「何か、狂歌の代表作を教えてくれませんか」

と垂髪きらりが訊くと、郷右近は、ちょっとノートを見て、

「ほととぎすなきつるあとにあきれたる後徳大寺(ごとくだいじ)の有明の顔」

「質蔵にかけし赤地の虫干はながれもあへぬ紅葉(もみじ)なりけり」

「かけ乞(ごひ)のみるめかぐはなうるさくて人に忍ぶのうら盆もがな」

「をみなへし口もさが野にたつた今僧正さんが落ちなさんした」」

などを、元歌と意味を解説しながら教えてくれた。垂髪きらりは、

＊十返舎一九（一七六五－一八三一）戯作者、浮世絵師。駿府の旗本の家に生まれる。浪人し、大坂で浄瑠璃「木下蔭狭間合戦(このしたかげはざまかっせん)」の合作に加わった。江戸へ出て、黄表紙、洒落本、人情本、読本、合巻など多く描き、人情本では初期の代表的作者である。滑稽本『東海道中膝栗毛』が大ヒットし、「弥次さん喜多さん」シリーズを多く書いた。馬琴と並ぶベストセラー作家である。

＊大田南畝（一七四九－一八二三）御家人で本名は太田直次郎。号は蜀山人。ほかに四方赤良(よものあから)などを名乗り、狂歌師として活躍、黄表紙も書くが、寛政の改革に遇って一時筆を折った。

「やっぱり、元歌が完全に頭に入っていてこそ面白いんだろうなと思いました」

と言った。小谷崎は、知らぬ顔をしてコーヒーを呑んでいた。

「本居宣長はどうでしょう」

と、垂髪きらり。

「しかし、あれは飽くまで研究者だから、それを入れるなら賀茂真淵も平田篤胤も、ということになっちまうよ」

「先生、江戸っ子でしたっけ」

「いや、違うけどね。宇都宮だ」

「でもまあ、『紫文要領』とか『石上私淑言』とか、新潮日本古典集成にも入っているし」

郷右近が「助け舟」を出した。

「小林秀雄がライフワークとか言ってわけの分からないものを書くし、宣長なんてのは古典の解説者に過ぎない。宣長が偉いなら秋山虔だって文学史に載せることになる」

「載ってもいいんじゃないか」

「『もののあはれ』なんて、御子左家が言っていたことで、別に宣長が初めて『源氏物語』がすごいなんてことを発見したわけじゃない」

賀茂真淵や平田篤胤も入れるのか、という批判に郷右近も答えられず、というわけで、宣長はなしになった。

「川柳（せんりゅう）はどうですか」

「川柳というのは、前句づけとか沓（くつ）づけとかいうのから始まって、柄井（からい）川柳が始めたから川柳というわけだが、「怖いことかな怖いことかな」という下の句があってそれにつけていくのが前句づけ。これを集めたのが『誹風柳多留（はいふうやなぎだる）』で、あと『誹諧武玉川（むたまがわ）』とかあって、これは雑排（ざっぱい）というんだね」

「はい」

「それが現代まで来て、サラリーマン川柳みたいのがあるけど、こういうのは週刊誌とかで読んで、まあ読み捨てるもので、古典にはならないよね」

「ええ」

「徳川期の川柳にしても、その場での遊びであって、果たして古典か、というのが疑問だね」

「はい……」

「あと、時実新子（ときざねしんこ）みたいな人とか、田辺聖子*が書いた岸本水府（すいふ）みたいな、必ずしも笑いの文藝ではない川柳というのがある。私には今のところ、川柳というものをどの程度の水準で古典として扱ったり文学として評価したりしたらいいのか、分からない」

「つまり、季語がないと川柳ということになるはずだということですね。でも無季俳句とか、自由律俳句というのもあって、形式的にそれらと川柳の区別ははっきりしないみたいなことでしょうか」

「うまいまとめだね。そういうことになるね」

「郷右近先生、どうですか」

「まあ、ジャンルに対して賞というのも変だし、別にいいんじゃない」

するとと小谷崎は、

「川柳についてこう言っておいて何だけれど、私は都々逸に直木賞をやりたいと思う」

と言ったから、垂髪きらりも郷右近も、ぎょっとして小谷崎を見た。

「幕末から近代にかけて、都々逸が果たした役割は大きいと思うんだ。「三千世界のカラスを殺し主と朝寝がしてみたい」とか「君と別れて松原行けば松の露やら涙やら」とか、汎用性も高いし、創始者は都々逸坊扇歌となっているしね」

「都々逸について、何か入門書的なものはありますか」

と垂髪きらりが訊いた。

「中道風迅洞*という人の本がいいよ」

と、小谷崎は即座に答えた。

「倉田喜弘(よしひろ)*先生が言っていたんだけどね、明治維新の時の官軍の歌で、サヴォイ・オペラの『ミカド』にも使われた『宮さん宮さんお馬の前にぴらぴらするのは何じゃいな』というのも、七七七五だから、都々逸なんだよ」

垂髪きらりが、へえーと感心した。

「歌舞伎がまだですね。鶴屋南北の前に、誰かいますか」

と、垂髪きらり。

「まあ、並木五瓶(ごへい)とか並木正三(しょうぞう)とかいるけど、それはいいだろう」

と、小谷崎淳。

「じゃあ、南北*ですね。『東海道四谷怪談』」

---

*田辺聖子　『道頓堀の雨に別れて以来なり　川柳作家・岸本水府とその時代』（読売文学賞・泉鏡花文学賞）で、大阪の川柳作家・岸本水府（一八九二―一九六五）を描き、近代の笑い文藝ではない川柳を広く知らしめた。

*中道風迅洞（一九一九―二〇一一）NHK職員を務めたのち、都々逸作家として、『どどいつ入門』『どどいつ万葉集』（徳間書店）などを出した。

*倉田喜弘（一九三一―二〇二二）NHK勤務ののち、日本近世・近代の藝能史を研究した。妻は端唄根岸流家元だった根岸登喜子。

「また怪談か……。どうも最近はホラーがブームに過ぎてね。私もホラー映画の面白いのは好きなんだが……」

「えっ、どんなのがお好きですか」

「『リング』とか『シャイニング』とか『残穢』とか、わりあい色々あるよ。『シックス・センス』もいいね」

「古典になるとダメなんですか」

「ああそうか、モダンホラーを挙げているのか私は。まあねえ、『累ヶ淵』とかはいいんだが、『四谷怪談』は何かドタバタしていてね」

「ダメですか」

「全共闘世代の連中が、あれが好きなんだよね。それがちょっと嫌」

「じゃあ、『桜姫東文章』は……」

「あれもまた、耽美趣味の女性に人気があったりするから……」

郷右近が、

「大南北にやらないじゃあ、古井戸*先生に申し訳がないだろう」

と言ったから、

「ああ、それはそうだね。私も評伝、もらったから」

というわけで、南北も直木賞になった。

「『勧進帳』はどうしますか」

と、垂髪きらり。

「ああ、だってあれは能の『安宅』のリメイクみたいなもんだから……それに作者は、市川團十郎ってこと？」

「そうですね。七代目團十郎の、五代目海老蔵というか（作詞は三代目並木五瓶）」

「確かに捨てがたいな。七代目幸四郎が弁慶をやった映像が残っているしね」

「どうですか」

「まあいいや、直木賞にしよう。ちょっと変だけれど」

＊四代目鶴屋南北（一七五五－一八二九）歌舞伎狂言作者。元の名は勝俵蔵。四代目が有名なので「大南北」と言う。『東海道四谷怪談』は、公式道徳である儒教道徳に則った『忠臣蔵』を一日目に上演し、二日目に塩谷家の浪人・民谷伊右衛門の悪事を描いて、公式道徳の裏を描いたというので、六〇年代の学生運動の中で人気が高く、南北ブームが起きた。ほかに『桜姫東文章』も、片岡仁左衛門と板東玉三郎のコンビで人気がある。

＊古井戸秀夫（一九五一－　）歌舞伎研究者、東大名誉教授。『評伝鶴屋南北』（二〇一八）で、読売文学賞、芸術選奨文部科学大臣賞、日本演劇学会河竹賞、角川源義賞を受賞した。

垂髪きらりは、

「じゃあ、『助六』*はどうしましょう」

と言った。これも市川宗家の十八番だ。

「いや、あれはね。なんか景物的なもので、谷崎の『瘋癲老人日記』の最初も『助六』を観に行くところから始まってはいるが、果たして演劇として優れているかというと、疑問があるね」

「一種、儀礼的なものかもしれないね」

「これは、なしにしよう」

「そ、そうですか」

垂髪きらりは、「助六」というのはエライ演目だと思っていたからちょっと意外だった。

「あと、『与話情浮名横櫛』*の、二代目瀬川如皐というのがいますが」

と言う垂髪きらりに、小谷崎が、

「『お富さん』だねえ。あなた、春日八郎のお富さんって知ってる?」

「予習したので知っています」

と逆襲されて、

「あ、そう」

となった小谷崎だが、

「あれも珍妙な歌舞伎でね。要するにあの「しがねえ恋の情けが仇（あだ）」から「いやさお富、久しぶりだなあ」までのセリフだけが有名で、あとは割合どうでもいいんだよね。だからこれは却下」

「そうですか」

「それでは、河竹黙阿弥*ですね」

小谷崎と郷右近が、ふうーと一緒にため息をついた。

＊助六　歌舞伎十八番の一つ。曾我狂言の一つとして、吉原でのもて男助六の正体が曾我五郎だというもの。市川團十郎家が演じる時だけ「助六所縁江戸桜（すけろくゆかりのえどざくら）」とされ、それ以外の俳優が助六を演じる場合、尾上菊五郎なら「助六曲輪菊（すけろくくるわのももよぐさ）」、松本幸四郎なら「助六曲輪江戸桜」という風に変わる。
＊与話情浮名横櫛　嘉永六年（一八五三）江戸中村座で初演の歌舞伎。「切られ与三」の通称で知られ、お富というやくざの妾と恋に落ちた与三郎が、体じゅうを切られ、お富も死んだと思っていたら、蝙蝠安（こうもりやす）というやくざ仲間とともにさる妾の家へゆすりに行くと、それがお富だったという話で、「おかみさんへ、お富さんへ、イヤサお富、久しぶりだなあ」と言うところが名場面として知られ、春日八郎が昭和二十九年（一九五四）に「お富さん」を歌って大ヒットしたが、妾をめぐる流行歌を子供まで歌っているというので、当時社会問題になったりもした。

「これは文句なく直木賞ですか」

垂髪きらりが訊いた。

「まあ、そうだね。『天保六花撰』*も『白浪五人男』*もあるし……」

「『三人吉三』もあるし、『鼠小僧』もあるし……」

「あと、漢文がありますが、頼山陽*なんかは」

「ああ、それはね。中村真一郎のがあるし。『日本外史』とか、幕末の志士たちが読んで血を沸かせたやつ。俺は攘夷のやつらは嫌いだけどね。山陽の罪じゃないから。そういえば見延典子*が頼山陽の小説を書いていたね」

「『頼山陽にピアス』ってのもありましたね」

「ああ……。「敵は本能寺にあり」も山陽だからね。ま、頼山陽は芥川賞でいいかな」

「菅茶山*はどうですか」

「ああ、富士川（英郎*）先生が大著を書いていたなあ。富士川先生の『江戸後期の詩人たち』は読んだが、漢詩については判断できないので、郷右近さんに任せる」

郷右近は、笑顔で、

「菅茶山、これは芥川賞でいいでしょう」

と言った。

「漢詩なら、あと梁川星巌とかもあるんだが……」

＊河竹黙阿弥（一八一六－九三）幕末から明治にかけての歌舞伎作者。二代目河竹新七といったが、明治になって引退するという意味で「黙阿弥」と名のったが、それ以後も作品を書いた。あとを娘の絲が継いだが、その養子となった河竹繁俊、その子の河竹登志夫、ともに演劇学者として名をなした。今日も上演される数多くの狂言を書き、名声は高い。

＊天保六花撰『天衣紛上野初花』黙阿弥作。明治十四年（一八八一）新富座初演。講談師の松林伯圓の『天保六花撰』を劇化したもので、河内山宗俊、暗闇の丑松、三千歳、片岡直次郎（直侍）、金子市之丞、森田屋清蔵の六人をいい、江戸のアウトローとして活躍する。特に「河内山」と「そば屋」が有名。

＊白浪五人男『青砥稿花紅彩画』黙阿弥作。文久二年（一八六二）江戸市村座で初演。日本駄右衛門を頭領に、弁天小僧菊之助、忠信利平、赤星十三郎、南郷力丸の五人の活躍を描くが、特に「弁天小僧」の「知らざあ言ってきかせやしょう」のセリフが有名。

＊頼山陽（一七八一－一八三二）漢詩人。中村真一郎に『頼山陽とその時代』（中公文庫）があり、中村は藤原定家、山陽、夏目漱石を「日本三大神経症文学者」としている。「敵は正に本能寺にあり」は『日本楽府』にある。息子に、安政の大獄で処刑された頼三樹三郎がいる。

＊見延典子（一九五五－　）早大の卒業時に書いた『もう頬づえはつかない』が映画化されて話題になった。『頼山陽』で新田次郎文学賞。『頼山陽にピアス』を書いている。

＊菅茶山（一七四八－一八二七）漢詩人。備後国生まれ。『黄葉夕陽村舎詩』が代表作。

と郷右近が言うと、

「あまり漢詩人の芥川賞を増やすのもなあ……」

と小谷崎が掣肘（せいちゅう）を加えたので、近世漢詩はこれで打ち止めとすることになった。

「いやあ、これで近世も終わりかな」

小谷崎が言った。垂髪きらりが、

「いえ、まだ人情本があります」

と言った。

「あっ、為永（ためなが）春水か……」

「どうします？」

「俺は苦手だなあ。要するに三角関係で、一人を妻に、一人を妾にするって、今じゃ通じない話だろう」

「ああ、そうですかあ。ダメですかね」

「ダメダメ。まあ人情本が、坪内逍遥や二葉亭に影響した、くらいの功績しかないよ」

「まだありますよ、『花暦八笑人（はなごよみはっしょうじん）』と『妙竹林話七偏人（みょうちくりんわしちへんじん）』」

「ああ、瀧亭鯉丈（りゅうていりじょう）と、梅亭金鵞（ばいていきんが）の滑稽本ね。落語の元ネタになっているな。『長屋の花見』とか『お化長屋』。しかし、直木賞をやるほどのものじゃないだろう」

「そうですか」

「ああ、江戸小咄で、俺の好きなのがある。「今年花詞」といって、興津要*が編纂した講談社文庫に入っていて昔読んだが、破礼ばなし（エロ噺）が多くて一番面白かった。これに直木賞をやろう」

「そ、そうですか」

「まだあります。『耳嚢』はいかがでしょう」

「ああ、根岸肥前守ね。ホラー好きに評判がいいみたいだね。俺はそれほどいいとは思わないな。差別逸話もあるし」

「なしですか」

「なし」

---

*富士川英郎（一九〇九－二〇〇三）東大教授でドイツ文学者。父は医学史家の富士川游、息子は東大英文科教授だった富士川義之。近世漢詩に関心が深く、『江戸後期の詩人たち』（読売文学賞）『菅茶山』（大佛次郎賞）を書いた。

*興津要（一九二四－一九九九）早大教授で落語研究家。女性落語家・川柳つくしの早大時代の師匠。編纂した『江戸小咄』が講談社文庫にあった。

「勝小吉（こきち）の『夢酔独言（むすいどくげん）』はどうでしょう」

「あっ、それはいいね。徳川時代に口語体で書かれた自伝か。漱石の『坊っちゃん』の文体に似ているとも言われる。芥川賞にしよう」

「えっ、芥川賞ですか」

「そうそう。勝海舟の父親だけど、五十前に死んでるんだよね。酒は怖いね」

「……そうですか」

垂髪きらりは、

「あのう、こういうご時世ですから、やはり近世にも女性を入れたいのですが……」

と言った。小谷崎は、

「うーむ、やっぱり近世日本は男尊女卑社会なんで、女で優れた文学者ってのはねえ……」

「只野真葛（ただのまくず）とかどうでしょう」

「正しくは工藤真葛ね。しかしあの人は文学者とは言えないし……」

「では、江馬細香（えまさいこう）」

「それはね……。どうでしょう郷右近先生」

「いやあ……」

垂髪きらりは、

「加賀の千代は……」

と言うが、

「冗談でしょう、「朝顔につるべ取られてもらい水」だけじゃないですか」

の小谷崎の一言で却下された。

「では、荒木田麗女（れいじょ）*なんかは……」

「またホラー系か。でも、『大鏡』の続きみたいな歴史書も書いていたっけね」

「いいですか」

「でもその筋で言ったら正親町町子（おおぎまちまちこ）*というのもいるし……」

そう言いつつ、小谷崎は荒木田麗女への芥川賞を認めた。

これでさすがに近世は終わったということで、郷右近が、先に帰ることになった。

「ではお先に失礼します。小谷崎さんも、垂髪さんも、お元気で」

---

*荒木田麗女（一七三二－一八〇六）伊勢内宮（ないぐう）の神主荒木田武遠（たけとお）の娘。『月の行衛（ゆくえ）』などの歴史物語や怪異小説を書いた。

*正親町町子（一六七五－一七二四）将軍綱吉時代の大老格・柳沢吉保の側室で、吉保の六義園での生活ぶりを描いた『松蔭日記』（岩波文庫）がある。

と言って帰って行った。

垂髪きらりが、

「あのう、先生」

といわくありげに言い出したのは、

「近世で終わりですか。編集長が、面白いから近代までやったら、と言っているんですが」

「えっ。いや、だってこれ、芥川賞なんてないはずの前近代でやるから面白いんじゃないの。夏目漱石に芥川賞をやるとか、おかしいでしょう」

といくらか慌てた調子で言った。

「いえ、漱石までは行かなくてもいいんですが、まあここは、芥川龍之介とか直木三十五とかの個人名のことは忘れて、新たな小谷崎流文学史を作るということでいかがでしょうか、ということなんですが、どうでしょうか」

「つまり、あと一回、来るってことね」

「ええ、でも八月はお休みにして、九月でどうでしょうか」

「そうだ、分量はどうなの」

「実はそれなんです」

と、垂髪きらりは、声を潜めて、

「分量が現状ではちょっと足りないので、編集長としても、そこを勘案して、近代も、と言っているんです」

「まあ、それじゃあしょうがないなあ」

「よろしくお願いします」

というわけで、もう夕方になって少し涼しくなっていたし、小谷崎も電車に乗って帰宅した。

第6章

近代文学～芥川龍之介まで

小谷崎淳の朝は、別に早くはない。九時過ぎに起きる。十時を過ぎることもある。検事の妻は週日は仕事に出ているから、朝はシリアルかパンを食べるが、最近「フルグラ」というシリアルが美味くて、パンがおろそかになりがちなので、パンとシリアルを一日交替で食べているが、朝目が覚めて、今日はシリアルの日だ、と思うと喜びを覚える。しかし昨夜の夢は変だった。町に戒厳令が敷かれていて、革命が起きたみたいで、小谷崎も革命軍の兵士に呼び止められて思想的な質問を受けた。だが、その革命はどうも、和辻哲郎が死んだことで起こったようなのだ。和辻哲郎など、小谷崎が生まれる前に死んでいる。起きてから、これは小谷崎が欲しかった和辻哲郎賞をもらえなかった怨念が生み出した夢に違いあるまいと思い、これで何か小説が書けないかとちょっと考えたが、朝食を食べ、血圧を測り、降圧剤を呑んでパソコンに向かうころには忘れてしまった。

X（旧ツイッター）へ行くと、小谷崎にとってどうでもいい芸能人が死んだというので世間が騒いでいるのが分かったが、小谷崎は少数の良識的な人しかフォローしていないので彼らは騒いではいない。だいたい、訃報が流れると、大して関心もないのに「えっ！」とか騒いでみせるヤツが多い気がする。

別に意味のあるメールは来ていない。そういうことにももう慣れてきて、まあ今日は文藝雷電社へ行って垂髪（うない）きらりに会えるのだし、と自分を慰める。

残暑が厳しかったので、またタクシーを頼んでいたのが、十一時に着いたからそれに乗り込んだ。小谷崎の住むマンションは井の頭線沿線にある。小谷崎も昔は喫煙していたが、十年前にやめた。やめてから二、三年は廃人同然で、妻は、元に戻らないんじゃないかと思った、と言っている。小谷崎も、年が年だから、回復はしたかもしれないが、若くて喫いながら書いていたようには書けなくなった。車の中で本を読むと酔うが、小谷崎は外出時に音楽を聴くというのが性に合わないので、タクシーに乗ると実に退屈である。結局はスマホを出してXなどをつらつら見ることになるが、あまり面白くはない。

文藝雷電社へ着き、いつもの会議室まで行くと、垂髪きらりが出迎えた。

「いよいよ、近代ですね」

と、まるで最初から近代まで行くつもりだったみたいなことを言う。

「そうだねえ。ぞくぞくするねえ」

と、小谷崎もわざと言ってみる。

「誰からにしますか」

「まあ、圓朝だな」

「三遊亭圓朝！　来ましたね」

「私は『累ヶ淵』が好きだね。「豊志賀(とよしが)の死」から羽生(はにゅう)宿のあたりまで」

「やっぱり実際の圓生とか正蔵の口演ですか」

「そうだね。原作も最後まで読んではいるけど、亡霊は実は作りごとだったって話だったね」

「そうでしたね」

「しかし落語家の口演を聴いていてもそんなこととは思わなくて、むしろ思わないほうが面白い」

「ネタバレって言いますけど、これ、ネタバレされても、それホントなの？　という気分になりますよね」

「そうだね」

「落語はその後もありますけど、何か、これは！　というのはありますか」

「落語だけど純文学、というのがあってね」

「え、そんなのあるんですか。ああ、『子別れ』とか」

「いや、あれは人情噺でしょう。そうじゃなくて、『鰍沢（かじかざわ）』」

「へえ……」

「何の意味があるんだか、ちょっと分からないでしょ？　それで世界が成り立っているところが純文学。だから『鰍沢』は芥川賞でいいな」

「あれも圓朝じゃなかったでしたっけ」

「圓朝の三題噺だと言われているね。しかし、黙阿弥作とする説もある。ただ、三題噺で作った無理な感じが確かにあるね」

「『芝浜』はどうですか」

「いや、あれはいかにも明治の良妻賢母思想が出ていて、嫌だな私は。けど、死んだ六代目円楽ね、あの人は真打になったころは下手だったけど、死ぬ前はさすがにうまくなっていてね、『芝浜』に感心したよ」

「そうですか」

「『柳田格之進』なんかも好きなんだが、あれは講談ネタだからね」

「ああ、いいですね」

「しかしね、あれは普通に志ん朝とかがやっているのだと、柳田が娘を請け出すのが、なんで主人と番頭を斬るのをやめてからなのかが分からない。だから十代目の金原亭馬生（きんげんていばしょう）は、主家へ帰参が叶ってすぐ請け出すことにしたんだ。ところが、娘は、自分の身は汚れてしまったと言って食事も喉を通らず、暗い部屋に閉じこもってやせ細っているという、陰惨な話になっているんだ。確かに、志ん朝流に、あそこで身請けしてドガチャガのうちに番頭と結婚させてしまうと、客もすうっと納得してしまうが、先に請け出してしまうと、娘がどうやって生きているかというのが気になってしまうという問題が生じる」

「難しいところですね」

「そうだね」

「では、圓朝の次に行きますか」

「そうだね。『籠釣瓶花街酔醒(かごつるべさとのえいざめ)』*が、明治二十一年（一八八八）、三代目河竹新七の作だからね。これがいい」

「あっ、明治期の作でしたか」

「そうなんだよ。佐野次郎左衛門」

「歌右衛門が「笑った」というやつですね」

「そうだ。私は好きでね」

「じゃあ、これは直木賞ですか」

「直木賞ものだね。私は長谷川伸(しん)とかよりこっちの方をとるね」

垂髪きらりは、ゲホゲホと咳をした。

「『伊勢音頭恋寝刃(いせおんどこいのねたば)』*も似たような話でしたね」

「そうだが、福岡貢(みつぎ)は別に醜男ではないからね。あれも実話に基づいていて、富岡多恵子が小説にしているけれど、はじめ歌舞伎でそのあと人形浄瑠璃になって、その上演を観た内山美樹子先生が「愚劇」といって新聞の文楽評でほとんど罵倒していたね」
「先生としては、どうですか」
「いや、人形浄瑠璃では観たことがないし、多分人形だと面白くないんだろうが、歌舞伎では十分面白いね」
「じゃあ、さかのぼって直木賞」

＊籠釣瓶花街酔醒　下野の豪商・佐野次郎左衛門は、顔にあばたがある。初めて吉原へ登楼して、花魁八ツ橋に惚れこみ、身請けしようとするが、八ツ橋には恋人（間夫）がいて、次郎左衛門に愛想尽かしするよう強要、八ツ橋は満座の中で次郎左衛門を辱めて縁切りする。次郎左衛門は、妖刀・籠釣瓶を手に入れ、これを持って吉原へ登楼、八ツ橋らを切り殺して復讐する。最初に八ツ橋が登場する時に微笑するのだが、渡辺保の『女形の運命』は、本来は「ほほえむ」はずなのに、六代目中村歌右衛門は「笑う」として、歌右衛門批判の論を展開した。のち劇作家の榎本滋民が「花の吉原百人斬り」として新派のために近代化した。

＊伊勢音頭恋寝刃　寛政八年（一七九六）大坂角の芝居にて初演。近松徳三ほか作。伊勢古市遊廓で実際に起きた殺傷事件を劇化したもので、政治的陰謀に巻き込まれた福岡貢が、誤って青江下坂という刀で人を斬ってしまい、自害する話である。

＊内山美樹子（一九三九－二〇二二）浄瑠璃研究者、早大名誉教授。父は『少女の友』の編集長だった内山基。

「まあ、それでもいいけれど」

「では、いよいよ明治文藝ですが、やっぱり坪内逍遥からでしょうか」

「逍遥ね。これは難しい」

「『小説神髄』は評論ですし……」

「評論でもいいんだけど、やはり馬琴批判とか、『源氏』の評価とかが、今見るとダメだ」

「ダメですか」

「多分逍遥も、ちゃんと『源氏』は読んでないと思う。「すこぶる卑猥」とか書いてるから、分かってない」

「あとは『当世書生気質』……」

「あれは人情本を近代的に書き直したもので、評価できるとは言えないなあ」

「でも、その後も書いてますよね」

「『細君』というのがあって、あれは確かにいいんだ。あとは『桐一葉（きりひとは）』*『沓手鳥孤城落月（ほととぎすこじょうのらくげつ）』*とかか」

「どうですか」

「微妙だなあ。シェイクスピアの全作品を初翻訳したのは紛れもない偉業だけどね。全作品って、全戯曲じゃないんだよ、『ソネット集』とか『ルクリース凌辱』とかの詩までやってるわけで。津野海太郎(かいたろう)が『滑稽な巨人』とか言っているけど、滑稽なんかじゃない」

「わお」

「何だい」

「先生が真正面から人を褒めるのは珍しいなと思って……」

「私だって褒める時は褒めますよ。まあ総合的な文学的業績で、芥川賞でいいだろう」

「次はやはり、二葉亭四迷ですかね」

「そう、長谷川辰之助こと二葉亭。長谷川二葉亭とか言われたりしたね。もっとも、滝沢曲亭とかは言わないね」

「はい……」

「前に『助六』の話が出たけれど、徳川時代の男女観というのは、徹底して「もてる男礼

＊桐一葉　一八九四～九五年（明治二十七～二十八年）発表。一九〇四年、東京座で歌舞伎として初演。大坂の陣に先立ち、大坂と徳川方の板挟みとされた片桐且元(かつもと)の苦悩を描いたもの。

＊沓手鳥孤城落月　一八九七年発表、一九〇五年（明治三十八年）大阪角座で初演。「桐一葉」の続編として大坂落城までを描く。「狂乱の淀君」を演じた五代目中村歌右衛門の演技が評判となり、淀君のイメージがこれで形成された。

讃」ね。だけど、それは中世以前にはなかった。二葉亭は『浮雲』で、西洋文学にも学んで、片思いする男という形象を復活させたんだよ。まあ、二葉亭は復活だと思っていなかった、西洋のまねだと思っていただろうけどね」

「なるほど、それは面白いです」

「二葉亭といえば、研究に先鞭（せんべん）をつけたのが中村光夫だね。これは本名・木庭（こば）一郎。筑摩書房が戦争中にできたころの顧問みたいな感じでね、本も筑摩から出していたんだけど、「木庭さん」と呼ばれていたから、筑摩の人でそれが中村光夫だとは知らないで「中村光夫って人の本は売れないで」って中村の前で言っちゃったというんだが」

「あはは」

「私はね、中村光夫の近代文学史には不満と疑問がある。とにかくあの人は私小説批判派で、田山花袋を悪者にして二葉亭を神のように崇めて、二葉亭の『浮雲』も『平凡』も私小説じゃない、と言うんだが、『平凡』は普通に考えて私小説の変形でしょう」

「はあ」

「『浮雲』にしてからが、あれは『八犬伝』の信乃（しの）と浜路（はまじ）の変形なんだけど、二葉亭は東京外国語学校へ入る前に叔父の家に下宿している。その時に娘がいて、ああいう体験をした可能性があると思うんだが、中村はそれについて何も書いてない。あれは昭和初年だから調べれば調べられただろうけど、今では無理だ。『浮雲』が私小説ではないと言うために中村が知っていることを書かなかった可能性があると思う」

「ええ」

「しかし、あれはゴンチャロフ*の『断崖』だと言われているけど、むしろゴンチャロフの『平凡物語』のほうがそっくりだね」

「そうですか」

「私はロシヤの作家ではゴンチャロフが一番好きだな。チョコじゃないよ。二葉亭はまあ、芥川賞で問題ないね」

「はい」

「さて、森鷗外だが」

「出ましたね。もて男鷗外」

「これは厄介だなあ。『舞姫』とかそれだけ読むと、なに好き勝手やってんだよ、と思うが、

*イワン・ゴンチャロフ（一八一二－九一）ロシヤの作家。『オブローモフ』はニキータ・ミハルコフが『オブローモフの生涯より』として映画化した。ほかに『平凡物語』『断崖』『戦艦パルラダ』（『ゴンチャローフ日本渡航記』講談社学術文庫）があり、長崎へ来航したこともある。

ほかに色々あるしね」

「そうですね。翻訳とか」

「翻訳といえば、アンデルセンの『即興詩人』とか、『諸国物語』とかあるんだけど、戦後になってラジオドラマでやった『笛吹童子』ってのがあって、北村寿夫(ひさお)って人が書いた児童ものなんだが、ほかにも『紅孔雀(べにくじゃく)』とか『オテナの塔』とか五つくらいあるのが『新諸国物語*』という総題になっているんだよ。『笛吹童子』が一番人気が高くて、私が小学生のころテレビドラマにもなって、そのあと人形劇にもなっている。でもこれが鷗外の『諸国物語』と関係があるのかどうか、分からないんだ」

「鷗外の『諸国物語』は、ドイツとかフランスとか、ヨーロッパ各国の小説という意味ですよね」

「そう、それを鷗外が、まあドイツ語か、ドイツ語訳から訳したものだが……。あと『埋木(うもれぎ)』という初期の翻訳があるけど、知ってる?」

「いえ、知りません」

「キルシュネル*という、プラハ生まれの女性作家の中編小説で、まあ通俗小説とされている、音楽家の青年の悲恋を描いたもので、その音楽家に恋人ができるんだが、英国へ留学している間に彼女は音楽家の師匠の愛人になってしまって、帰国したあとで彼女が自殺してしまうといった話なんだ。鷗外が三十歳くらいの時に翻訳して『水沫集（みなわしゅう）』に入っているんだが、明治二十五年くらいかな、当時の青年は夢中になってこれを読んだというね」

「知りませんでした」

「岩波文庫に入っていて、今は国会図書館のデジタルで読めるよ。ああ、これが恋愛か、と当時の青年は思っただろうと思うね」

「読んでみます」

「『青年』でいきなり未亡人とセックスしてしまうのも凄いが、あれを真似したのが川端康成の『千羽鶴』かなあ」

「全体に鷗外って、性的に自由な感じしますね」

「『雁（がん）』なんて、語り手が知らないことまで語っちゃってて、「テクストが間違えた」いい例だけどね。お玉のオナニー*の場面まである」

＊新諸国物語　北村寿夫（ひさお）（一八九五－一九八二）原作の子供向けラジオドラマで、一九五二年から五七年にかけてNHKラジオで放送された。『笛吹童子』『紅孔雀』『オテナの塔』など七作。

＊アロイジウス・キルシュネル（一八五四－一九三四）チェコのプラハ生まれ。略称ラーラ。別名オシップ・シュービンは、ツルゲーネフの登場人物からとった。

「……」

「歴史小説はしかし、元ネタがあるからね。『阿部一族』も『阿部茶事談』があるし、『大塩平八郎』も『堺事件』もそうだ」

「翻訳にしても、歴史小説にしても、一般読書人に紹介することに功績がありますね」

「まあ、そうとも言える。『ヰタ・セクスアリス』は大したことないけど……。あとは恐るべき論争家でもあったし、脚気の原因については間違えたり、話題の多い人だよ。結局鷗外ってのは、実生活でも文筆生活でも、もて男だったってことじゃないかな」

「軍人としては……」

「左遷されたこともあったね。小倉に……。松本清張の『或る「小倉日記」伝』って私は好きだけど、あれは鷗外の威光で芥川賞とったところもあるな。いや、これは本物の芥川賞ね」

「二回結婚してるんですね」

「間がちょっと長かったけれど、愛人がいたんだよね。黒岩涙香の『弊風一斑蓄妾の実例』*に書いてある」

「うわあ……」

「まあ、初代総理大臣伊藤博文が強姦事件を起こした時代だからねえ……。社会問題を提起するようなのもあるしね。『高瀬舟』とか」

「安楽死問題は、今でも解決していないですからね」

「まあ作家というのは、マスコミに取り上げてもらいやすいように、時事問題を取り上げるというのが一つのコツでね。東北の地震とか、介護問題とか、ネグレクトとか、ヤングケアラーとか。私はそういうあざとい小説書きがうまくできなくてね……」

「そんな……」

「そういえば『山椒太夫』は説経節が元だけれど、私が最初に鷗外を読んだのは、中学生の時、NHKの少年ドラマで『安寿と厨子王』をやっていたのを観て、町の小さい本屋で新潮文庫の『山椒太夫・高瀬舟』を買ってきた時だったね。けれど、ドラマの原作は鷗外じゃなくて説経節だった。昔東映で作ったアニメ映画の『安寿と厨子王』は、田中澄江*が連載していたやつが原作だったね」

「あとは『津下四郎左衛門』は、開国派の横井小楠を暗殺した男の話でね、薩長は攘夷を

*お玉のオナニー　榊敦子『行為としての小説』（新曜社）で指摘された。

*『弊風一斑蓄妾の実例』黒岩涙香が『万朝報』に連載した有名人の妾持ち暴露記事の連載をまとめたもの。社会思想社・現代教養文庫。

*田中澄江（一九〇八‐二〇〇〇）劇作家・脚本家。夫は劇作家の田中千禾夫。カトリック。

掲げて幕府を倒したのに、攘夷をやらなかった、エライ人たちは攘夷が不可能だと知っていたがそれを隠していて、我ら愚かな者は攘夷を信じていた、という、明治維新の一大サギを告発するものだからね」

「いろいろ、読んでみたいなと思います」

「あとは大逆事件との関係だね。『かのやうに』では、日本神話と天皇制の関係で、天皇が神の子孫である「かのように」考えるという哲学を持ち出している。これで鷗外は体制派だ、山県有朋の手下だと言われるんだがね。今橋映子*さんはここで五条秀麿という主人公と対話して「駄目、駄目」と言っている綾小路のモデルを、美術批評家の岩村透だとして、鷗外は「かのように」の哲学を否定させているんだと言っている。これは難しいところで、確証はないけれどね」

「それでは鷗外は」

「まあ、芥川賞で問題ないね」

「次は誰にしますか」

「何だか生贄に捧げるみたいだね。露伴かな」

「幸田露伴」

「あの人は、兄は軍人で、弟は歴史学者、妹は音楽家が二人で、それぞれ東大とか東京藝大の前身へ行っているし、露伴自身ものちに京大教授になったくらいなのに、電信修技学校へ行って、電信技士として北海道へ行っているんだよね。あれはちょっと謎なんだな」

「そうですね。家がその時貧しかったとか？」

「いや、幕臣の家柄だしね。露伴が十六歳のころだけ家計が逼迫していたのかな。まあそれは措くとして、私が若いころ、岩波文庫で、川村二郎編纂の露伴の『幻談・観画談』というのが出て、初めて露伴を面白いと思ったな。それまでに『五重塔』は読んだかもしれないが古風な話だと思って感心はしなかったし、処女作の『風流仏』も何か変だと思ったね。あとで読んだ『いさなとり』とか『天うつ浪』とかは、まるっきり馬琴なんだ。露伴は確かに馬琴好きで、『開巻驚奇俠客伝』も、露伴の校訂で昭和初年に出ている。それにしてはやっぱり時代とのズレは如何ともしがたい。史伝がいいとも言うんだが、これも史料が古いから露伴研究としてしか読めない。『運命』は文章を絶賛されたというが、『明史紀事本末』というネタ史書を書き下しただけじゃないかと高島俊男先生が指摘して、東大の出口智之も、そうだと言っているなあ」

＊今橋映子（一九六一－　）比較文学者、東大教授。岩村透については『近代日本の美術思想：美術批評家・岩村透とその時代』（白水社）にある。

「あまり評価しないですか」

「まあ実際、出口氏のような研究家はいるが、露伴を好んで読む人が今いるかと」

「ダメですか」

「うーむ。これは無理だ。露伴を総合的に判断できない。私には判定できない、としておきたい」

「しょうがないですね」

「樋口一葉に行こう」

「一葉は人気ありますね」

「そう、例外もあるが、人気のある作家・藝術家は、生前から人気がある。一葉も斎藤緑雨(りょくう)から露伴、久保田万太郎から和田芳惠(よしえ)(男)とファンが行列を作っている。近松秋江(しゅうこう)なんか東京へ出てきて一葉に弟子入りしようとして訪ねたら、二日前に死んでいたという」

「それはすごいですね」

「だが秋江みたいな女好きが一葉の弟子になったら、危なくてしょうがないから、ならなくて良かったんだ」

「そうですか」

「一葉を紫式部と比べると、紫式部は頭が良すぎて男から敬遠されるが、一葉は二十三歳で死んでいて、美人で、作品数も少ないから、崇めるのにちょうどいい。死んでいれば、冷たくされる可能性もないわけだから」

「先生は一葉には冷たいんですか」

「そうねえ。『たけくらべ』はいいけど、あれで長生きしていたらどうなったか分からないと思っている。多分同じことを考えているのが福岡伸一じゃないかな」

「『生物と無生物のあいだ』の福岡先生ですか？」

「そう。その本に、野口英世が五千円札にふさわしいかどうか疑わしい、と書いてあって、そのあとに、樋口一葉も疑わしい、と書いてある」

「ホントにそういう意味なんですか」

「多分ね。福岡という人は天才だね。あんなに隙のない文章はちょっと恐ろしいくらいだ」

「じゃ、じゃあ、一葉も芥川賞なしなんですか」

「いや、それはまあ、受賞後夭折した作家として、いいんじゃない。××××が本物の芥川賞をもらったみたいなもんで」

「伏字にさせていただきます」

「では、山田美妙*に行こう」

「あまり有名でない人ですね」

「ですます体で書いて、紅葉とかの「だである調」に敗れて消えて行った人だが、岩波文庫で『いちご姫』を読んだらめっぽう面白かったよ。何でもエミール・ゾラを下敷きにしているとか言うんだが、室町時代にお姫様が転落して盗賊になったりする伝奇小説だ」

「面白そうですね」

「だから美妙には直木賞を授与だ！」

「気合入ってますね」

「あと、斎藤緑雨*ね。正直正太夫(しょうだゆう)の」

「樋口一葉を好きだった人ですね」

「小説としては『油地獄』と『門三味線(かどじゃみせん)』があるが……。『油地獄』は当時の実話を小説にしたものだな。女に騙された男がわら人形を作って油で煮て呪う話……」

「落語にそういうの、なかったですか」

「よく知ってるねえ。志ん生がやっていたね。ぬか屋の娘だから釘が効かないってやつね」

「それです！」

「『緑雨警語(けいご)』ってのが冨山房百科文庫から出ていたね。中野三敏(みつとし)*さんの編纂で。冨山房百科文庫って面白かったんだけど、なくなっちゃったのかな」

「……一九九六年の『周作人(しゅうさくじん)随筆』を最後に出ていませんね」

「緑雨は恋愛をね、「恋愛とはきれいな言葉で汚きことをするなり」と言っているんだけど、これは性欲のことじゃなくて、カネ目当ての結婚のことを言っていたらしい。緑雨の純情さが現れたところじゃないかな」

「そうですか」

「斎藤緑雨賞というのが作られて、第一回に四方田犬彦の『月島物語』が受賞したのは覚えているけど、あの賞って四回くらいでなくなっちゃったなあ」

「……」

「ま、『三人冗語(じょうご)*』にも参加しているし、緑雨にも芥川賞を授与することにしよう」

「なんか、ほっとしました」

「ええと、あとは誰かな」

＊山田美妙（一八六八－一九一〇）小説家。江戸生まれ。「武蔵野」「胡蝶」などで知られ、言文一致を「ですます」体で行ったが、「だである」体に敗れて文壇を遠ざかった。フィリピン革命のアギナルドを描いたものもある。二代目曲亭馬琴を名のったこともある。『いちご姫・胡蝶』は岩波文庫。

＊斎藤緑雨（一八六八－一九〇四）三重県出身の作家・評論家。『三人冗語』に参加。正直正太夫、江東みどりなどの筆名を使う。

＊中野三敏（一九三五－二〇一九）日本近世文学研究者、九州大学教授。文化勲章受章。

「北村透谷*はどうですか」

「あの人は詩人で評論家だが、小説は書いてないな」

「近代になるとやっぱり詩歌の人は省かれますか」

「ああ、それはどうするかなあ。……しかし透谷は、紅葉の『伽羅枕』批判とか、『傾城買(けいせいかい)二筋道(ふたすじみち)』批判とかあるから、芥川賞にするか」

「良かったです」

「あとは、徳冨蘆花かなあ」

「『不如帰(ほととぎす)』ですかね」

「まあ、満都の紅涙を絞った『不如帰』だが、これは直木賞にもならない通俗小説でしょう。『小説 思出の記』はディケンズの『デヴィッド・コパフィールド』の翻案だし……」

「代表的なのは『自然と人生』ですよね」

「いや、私は正宗白鳥と同じで、自然には興味ないんで。一番いいのはやはり自伝小説『黒い眼と茶色の目』だね」

「それはどういう内容ですか」

「同志社で学んだ時のことを書いたもので、黒い眼というのは校長の新島襄(じょう)のことで、茶色の目は蘆花が当時恋していた女性のことです。『八重の桜』って大河ドラマがあったでしよう」

「綾瀬はるかが国民的女優になったやつですね」

「新島襄の妻の八重ってのはあんな美人じゃなくて、太った醜悪な女で、同志社の学生から「鵺」と呼ばれていたということが書いてある。ＮＨＫとしては無視したい作品だが、岩波文庫に入っている」

「オオ、マイゴッド」

「これがいいから、芥川賞にしよう。私は本当は中野好夫の伝記『蘆花徳冨健次郎』が好き

＊三人冗語　『めさまし草』に、森鷗外、幸田露伴、斎藤緑雨が連載した鼎談文藝時評。ここで一葉の『たけくらべ』の結末について、露伴が「赤飯のふるまいもあるべし」と言ったことから、初潮説が定説になったが、のち佐多稲子が水揚げ説を出した。

＊北村透谷（一八六八－九四）本名・門太郎。自由民権運動に参加するが挫折、石阪ミナとの恋愛、結婚をへて詩人・評論家となり、「粋を論じて『伽羅枕』に及ぶ」で、尾崎紅葉の『伽羅枕』や、徳川時代の「傾城買二筋道」を批判し、近代的な恋愛の理想を掲げた。だが貧苦に悩み、男の理想を妻は理解しないと嘆いた「厭世詩家と女性」を書き、縊死した。「恋愛は人生の秘鑰なり」はここに出てくる言葉で、「鑰」は鍵のことである。島崎藤村と親しく、のち藤村が小説『春』で、透谷を青木として登場させ、その思想を紹介したことで知られるようになる。

なんだけどね」

「『謀叛論(むほんろん)』ってのがありますね」

「大逆事件の時に一高で講演したやつね。しかしあれも、中野好夫*が書いてるけど、「僕は天皇陛下が大好きだ」とか言ってる馬鹿馬鹿しい講演で、あれは嫌い」

「……そうですか」

「あとは、その兄の徳富蘇峰(そほう)……。兄弟で姓の表記が微妙に違うんだよね、兄は徳富で弟は徳冨」

「確かにそうですね」

「最近、木村洋という若い学者が蘇峰について書いているけど、蘇峰は何しろ長命を保って多量に書いているから、全集とかないし、単行本になってない連載すらある」

「そうなんですか」

「昭和になるころ、『東京日日新聞』という、『毎日新聞』の前身で、「日日だより」というのを連載していたけど、これは単行本になってないでしょう。ただし内容とか日付けを特定して、徳富蘇峰記念館に申し込めば、コピーを郵送してくれる」

「なんか、前時代的ですね」

「まあ、大東亜戦争のイデオローグとして評判が悪かったからね。『近世日本国民史』って、信長時代からずっと、歴史を記述したシリーズがあって、講談社学術文庫から出ていたこともあるけど、これも細かな史実の考証はしてないんだが、歴史学者が注釈つけて出したほうがいいんだけど、誰もやらないんだよね」

「へええ」

「まあ、ちょっと時勢への反抗という意味もこめて、蘇峰に直木賞を授与しておきましょう」

「直木賞ですか」

「そうだね。……まあさっき名前が出たけど、あと尾崎紅葉ね」

「大物ですね」

「まあ国木田独歩が言う通り、前期紅葉は元禄文学の焼き直しだけど、『多情多恨（たじょうたこん）』がとにかくズバ抜けていい。『金色夜叉（こんじきやしゃ）』はやはり通俗に流れている」

「新派芝居ですね」

「最近出た、俳人の高山れおなが書いた『尾崎紅葉の百句』（ふらんす堂）で見ると、俳句

＊中野好夫（一九〇三－八五）英文学者、東大英文科教授だったが、五十歳の時に辞職、「東大教授では食えない」と放言して話題を呼んだが、のち中央大学教授になった。都知事選で美濃部亮吉を応援した。

の腕前もなかなかのものだが、まあこれは参考程度だな」

「昔の人は、みんな俳句くらいやったんでしょうかね」

「まあ、漱石とか久米正雄とか芥川とか久保田万太郎はやったけれど、谷崎の俳句というのは見たことがないね」

「やる人とやらない人がいたんですね」

「『多情多恨』は、妻を失った男の嘆きで、主人公は鷲見柳之助というんだが、村岡典嗣*は、この時紅葉は『源氏物語』を読んだ形跡があり、桐壺帝が桐壺更衣を失った悲しみに着想して、英国小説に枠組みを借りて書いたと言っている。その後の『金色夜叉』が、アメリカのバーサ・クレイ*の『女より弱き者』を下敷きにしていることは、堀啓子さんの研究で明らかになっている」

「芥川賞ですか」

「いや、直木賞にしよう。全体として見てもね。あと、広津柳浪*がいるね。和郎の父親の」

「親子二代で作家は、珍しいですね」

「父と娘ならいるけれど、父と息子では、福永武彦と池澤夏樹くらいかな。大岡信と大岡玲がいるけど、大岡信は作家じゃないし」

「『黒蜥蜴』とか『変目伝』ですかね」

「悲惨小説ってやつかな。まあ『変目伝』は面白いんだけど、私は明治二十年の『女子参政蜃蟲楼』が面白いな。その当時、女子参政権運動、つまりサフラジェットが日本にもあったということで、柳浪はそれをちょっとからかっているんだけど、時勢を見るのに興味深い。これで直木賞ということにしたいね」

「へえ。そんなのがあるんですね」

「ここで、さかのぼって、明治初年のベストセラー作家を見ておこう」

「おっ」

「まず矢野龍渓（りゅうけい）の『経国美談』だな。古代ギリシアを舞台に史料を物語風に叙述して人気を博した。これには直木賞をやっておきたい」

＊村岡典嗣（一八八四－一九四六）日本思想史学者、東北帝大教授。『本居宣長』などを書いた。『日本思想史研究』（岩波書店）に「紅葉山人と源氏物語」が入っている。

＊バーサ・M・クレイ『女より弱き者 米国版金色夜叉』堀啓子訳、南雲堂フェニックス、二〇〇二年。堀啓子は、東海大学教授。バーサ・クレイは、女性作家シャーロット・ブレイム（一八三六－八四）の筆名とされているが、ほかにもこの名でダイム・ノヴェルと呼ばれる通俗小説を書いた者がいるようである。

＊広津柳浪（一八六一－一九二八）広津和郎の父。『明治文学全集　広津柳浪集』（筑摩書房）に「女子参政蜃蟲楼（しんちゅうろう）」など代表作が入っている。

「面白いですか」

「いやあ、これは微妙なところだ。あとは『佳人之奇遇』で、これは何ともかとも、面白い。作者は柴四郎こと東海散士で、ほかに海洋冒険小説『浮城物語』があるが、この人にも直木賞だな」

「何か大盤振る舞いになってきましたね」

「ああ、それはね、正しくは椀飯振舞と書く。昔使っていた大きなお椀で飯をよそうことを椀飯と言うんだ」

「分かりました。そう書いておきます」

「あっ、こういうの、マンスプレイニングとか言われちゃうのかな」

「ああ、そうかもしれませんね」

「相手が男ならいいわけ?」

「まあ、そうなっちゃいますよね」

「まあいいや、言われたって。……あと、明治期大衆文壇の雄が、菊池幽芳だな」

「そんな大物だったんですか」

「何しろ菊池寛が『真珠夫人』の連載を始めた時、読者は菊池寛なんて知らないから、菊池幽芳が変名で書いたのかと思ったというくらいだ。だいたい明治から昭和戦前の新聞連載小説というのは、主として通俗小説や歴史小説で、夏目漱石や島崎藤村が連載したりしたのはむしろ例外なんだ。漱石だって最初は『虞美人草』って通俗小説仕立てのを連載したくらいで、鷗外が『澁江抽斎』『伊沢蘭軒』『北条霞亭』みたいな地味なのを連載したのはまったく狂気の沙汰で、読者からの不評は散々なものだった」

「戦後はどうなんですか」

「戦後はまあ、中間小説が中心だね。大江健三郎や古井由吉が普通の新聞連載小説を書くことはなかったわけだし、井上靖とかも新聞連載の時は通俗小説風に書いていた」

「で、幽芳といえば『乳姉妹』とか『己が罪』ですね。先生は評価してらっしゃるんですか」

「それほどとは思わないが、ただまあ明治の通俗小説の開拓者には違いないからね、そこで直木賞にするよ」

「明治期の知られざる作家たちみたいな感じですか」

「それはあるね。通俗小説や大衆小説は昭和初年に出て来たみたいに書いている文学史もあったけれど、それは間違いで、明治期からあった。歴史小説だって中里介山から始まったわけじゃなくて、村上浪六*とか塚原渋柿園とか渡辺霞亭とか、新聞小説にけっこういたからね」

「村上浪六っていうのは……」

「撥鬢小説といって、マゲ物の武士が活躍する小説が主だが、現代小説も書くし、生きているうちから『浪六全集』が出るくらい人気があった作家だね。女性史なんかの研究者だった村上信彦*はその息子で、その甥が、浅沼稲次郎を暗殺した山口二矢*だ」

「えっ、そんな人が」

「そう。だから山口二矢は村上信彦にも相談に行っていて、村上信彦は警察から取り調べを受けている。「どういう関係だ」って訊かれて「叔父です」って言ったとか」

「へえへえ」

　また垂髪きらりは右手を上下させた。

「村上信彦は日本女性史みたいのを書いていて、『高群逸枝と柳田国男』で毎日出版文化賞とったんだけど、『ガンのワクチン治療』っていう、蓮見喜一郎って医学博士の民間療法に関する本も出しているんだよね。私は同名異人かと思ったら、本人なんだよね」

「そうなんですか」

「ああ、それでね、浪六だが、伊達騒動の原田甲斐という、『伽羅先代萩』では仁木弾正になっている悪役ね、あれを善人だとして描いたのが山本周五郎の『樅ノ木は残った』なんだけど、実は原田甲斐を善人として描いたのは浪六が先でね、『原田甲斐』（一九〇〇）という小説がある」

「あ、そうでしたか」

「そう。まあそういうことはあってね。そのへんも含めて、村上浪六には直木賞を」

「良かったです」

「海音寺潮五郎(かいおんじちょうごろう)の、上杉謙信を描いた『天と地と』って有名な小説があるんだが、これは久米正雄の『天と地と』って長編小説があって、題名はそれから借用されている。中身は全然違って、妻を殺してしまった軍人の実話をもとに描いたものだけど、いいタイトルだからね。久米には『痴人の愛』って小説集もあって、そういう題名の小説はない、独自の題名なんだけど、これも谷崎潤一郎に拝借されてしまった」

「うーん、ちょっとかわいそうですね、久米正雄……」

「概して久米はかわいそうなところがあるねえ」

＊村上浪六(一八六五-一九四四)『当世五人男』が代表作。
＊村上信彦(一九〇九-八三)浪六の三男。姉の子が山口二矢。
＊山口二矢(一九四三-六〇)浪六の三女の子。十七歳の時、社会党委員長の浅沼稲次郎を演説中に刺殺。拘置所で自殺した。大江健三郎の「セブンティーン」「政治少年死す」のモデルとなった。

「次は誰でしょうか」

「そうねえ。桃中軒雲右衛門って知ってる?」

「いえ、雲霧仁左衛門みたいな人ですか?」

「それは江戸時代の盗賊でしょう」

小谷崎はスマホで、桃中軒雲右衛門の写真を出して見せた。髪が長くて異様な感じだった。

「明治期の講釈師だけどね、『忠臣蔵』の『南部坂雪の別れ』を作った人なんだよ」

「南部坂……」

「討ち入りの前日に大石内蔵助が雪の中、浅野内匠頭の未亡人遥泉院のところへ挨拶に行くんだが、吉良の間者が女中に交じっているんで、討ち入りのことは言わずに立ち去る。仏前に血判状を経文を書写したものと偽って捧げていくんだが、それを吉良の間者が見ようとして成敗されて、大石の意図に気づくという一幕だがね、私はこの話が好きなんで、雲右衛門に直木賞をやろうと」

「は、はあ……」

ちょっと意表を突かれて、垂髪きらりは顔色が少し青くなった。

「立川文庫というのは知っているでしょう」

「はい。猿飛佐助とかが出てくるやつですね」

「そう。あれは明治末に大阪で、玉田玉秀斎（たまだぎょくしゅうさい）らが刊行したわけだが、そもそも歴史物語においては、大阪が本場だったとも言えるし、司馬遼太郎も大阪だから、今でもそうだともいえる。馬琴は江戸っ子だけどね」

「はい」

「明治期大衆文藝の親玉とも言うべきだったのが、『大阪毎日新聞』略称・大毎（だいまい）の宇田川文海（ぶんかい）＊なんだが……」

「その人は知りません」

「大逆事件の、幸徳秋水の愛人で、実際に天皇暗殺を企てた管野（かんの）スガという人を知っているね」

「それは知っています」

「スガは若いころ、文海の妾だったと言われていたんだ」

「えっ、そうなんですか」

「荒畑寒村の『寒村自伝』に書いてあった。ところがある研究者（大谷渡『管野須賀子と石上露子（いそのかみ）』）がこれを否定したんだ。だが、何ら否定する根拠はなかった。なのに、世間で

＊宇田川文海（一八四八－一九三〇）

は優れた指摘だと絶賛した。それを問題視したのが堀部功夫（いさお）*という研究者だった」

「まあ、妾だというのが醜聞だと思えたから、それを否定しただけで偉いと思われたって感じですかね」

「そうだろうね。その文海の弟子格だったのが木内愛渓（きうちあいけい）という、早世した作家で、大坂の陣について書いている」

「大坂の陣といえば、真田幸村の活躍で有名ですね」

「最近は信繁と言わないと怒られるみたいだがね。あと『朝日新聞』も元は大阪の新聞だが、こちらでは武田仰天子（ぎょうてんし）*という作家が、歴史もの、時代ものを数多く書いている。だから、歴史小説が中里介山に始まるみたいな記述は変なのだが……。谷崎が書いたのが割と影響しているのと、世間があまり明治期歴史小説に関心を持たなくなっているせいもあるなあ」

「はい、われわれ編集者としても、世間で関心を持たないものは、なかなか出しづらいです」

「そうだろうね。『食道楽（しょくどうらく）』の村井弦斎（げんさい）*なんかも、当時の流行作家だが、黒岩比佐子*さんが書くまで忘れられていたからねえ」

「それで、賞は直木賞として、誰と誰に」

「村井弦斎と武田仰天子に直木賞だな」

「分かりました」

「あとね、笹川臨風*という人がいて、学者作家なんだが、『淀君』というのを書いていて、これなんか結構面白いし、臨風にも直木賞ということにしよう」

「色々な人がいるんですね」

「そうだね。昭和初年にいわゆる「円本」が出て、そこに収録された作家が近代文学の主流と見なされて、それ以外が排除された結果、忘れられた作家がいるわけで、矢野龍渓とか東

---

*堀部功夫（一九四三－　）元池坊（いけのぼう）短大教授。『近代文学と伝統文化　探書四十年』で小谷野敦賞。『宇田川文海に師事した頃の管野須賀子』（日本古書通信社）

*武田仰天子（一八五四－一九二六）「朝日新聞」に多くの歴史小説を連載した。『春日局』『明智光秀』などがある。

*村井弦斎（一八六三－一九二七）『小猫』『食道楽』『女道楽』『桜の御所』『日の出島』『伝書鳩』『近江聖人』など多くの通俗小説を書いた。

*黒岩比佐子（一九五八－二〇一〇）ノンフィクション作家。『編集者国木田独歩の時代』で角川財団学芸賞、『食道楽の人村井弦斎』『パンとペン　社会主義者・堺利彦と「売文社」の闘い』で読売文学賞。

*笹川臨風（一八七〇－一九四九）本名・種郎（たねお）、歴史家・俳人。明治大学、東洋大学の教授を務めた。『織田信長』などの著作がある。

海散士は文学史に載っているから幸運なほうなんだ」

「なるほど……」

「小杉天外とか小栗風葉(ふうよう)なんてのは、岩波文庫に入っているのと、中村光夫が『風俗小説論』で風葉の『青春』を批判したり、本田和子(ますこ)*が『女学生の系譜』で天外の『魔風恋風』を取り上げたりしたんで名前が残っている例だな」

「天外は、尾崎紅葉の弟子でしたね」

「そう、紅葉は明治三十年から『読売新聞』に『金色夜叉』を連載していたけど、断続的に連載が続いて、とうとう紅葉の病気で長期休載したために『読売』が紅葉を切ったので、紅葉が死んだあと、天外が『読売』に『魔風恋風(まかぜこいかぜ)』の連載を始めた時に、師匠の仇の『読売』に書くとは天外は裏切り者だとほかの弟子から言われたらしいね」

「えっ、『読売』が切ったんですか、それは知らなかった」

「天外もいろいろ書いた人だが、初期自然主義と言われて、ゾラ風の「初すがた」「はやり唄」なんてのも書いているから、芥川賞にしたいところだけど、やはり『魔風恋風』の人だからなあ。あと驚くべきことに第二次大戦後まで生きていて、藝術院会員になっているんだが、まあ直木賞だな」

「分かりました」

「あと小栗風葉は、伝記があったな。岡保生（やすお）*の……。面白かったが、ああいうのは売れないからね。梅原猛の養母が、風葉の実妹だったんだよね」

「えっ、そうなんですか」

「そう、愛知県の人だから。愛知県は人材が多くていいよなあ。信長、秀吉、家康の昔からだからなあ」

「先生は栃木県……」

「風葉は、自然主義が台頭したために、花袋の『蒲団』の真似をして「中年の恋」を描くといって「恋ざめ」を書いたんだがうまく行かなくて、筆を折って郷里に帰ってしまうんだよね。明治中期までの作家って、山田美妙とか、表舞台から消えてしまう人が多いよね」

「時勢が激しく変わるからでしょうね」

「その割に第二次大戦の終わりの時はそれほどでもなかったな。保田與重郎（よじゅうろう）なんかは、あとから復活した組かな」

「風葉は、どうするんですか」

*本田和子（一九三一－二〇二二）少女文化研究者、お茶の水女子大学名誉教授。

*岡保生『評伝小栗風葉』（桜楓社、一九七一）

「うーん、いろいろ気の毒な感じも含めて、直木賞かな」

「そうですか」

「しかし『青春』も『魔風恋風』もよく岩波文庫に入ったよね。久米正雄の『破船』なんて、未だにどこの文庫にも入ってないのに」

「はあ……」

「ええと、それじゃそろそろ、純文学路線に戻るか」

「路線……」

「国木田独歩。『独歩集』が出た時は文学青年少女の必読書だったみたいだが、実は五百部しか出ていないということで、文学青年少女って五百人しかいないってことだね。まあ、文学好きなんてのは今でもせいぜいマックス十万人だってのは言われるけど、国民の〇・〇一パーセントだからね。さて、独歩というと作品より実人生のほうが面白いくらいなんだが、最近の文学好きな若者に、テキスト論の影響でもあるのか、ゴシップ話を嫌がる連中がいるんだよね。あれはいかんね。純粋培養みたいで」

「ああ、そんなこと言うと嫌われますよ」

「しょうがないよ。独歩の最初の妻は、婦人矯風会の佐々城豊寿(さ さ き とよじゅ)の娘で、結構な美人なんだが……」

「ルッキズムだって言われますよ」

「美人って言ってもいけないのかな？　独歩は日清戦争の時のレポート「愛弟通信」が話題になったんで、佐々城家のクリスマス・パーティに呼ばれて、『雪の進軍』を歌った信子（娘ね）に魅せられて、強引に両親の反対を押し切って妻にするんだが、独歩の嫉妬深さと貧乏に耐えかねて信子は逃げ出す。実は独歩の子供を妊娠していて、独歩はそのことを知らなかったんだが、密かに生み落として、アメリカにいる青年と親の手配で婚約させられて、船でアメリカへ渡る途中で、船の事務長で妻子のいる男と恋に落ちて、シアトルからそのまま引き返して事務長と結婚生活を始めてしまう。そのゴシップ記事が新聞に載ったのを見て独歩は初めて自分の子供が生まれていたことを知るんだが、のち鎌倉で信子とたまたま会ったのを描いたのが『鎌倉夫人』で、独歩死後、有島武郎が信子をモデルに『或る女』を書いて、まだ生きていた信子をモデルとした早月葉子が最後に死ぬ結末にしたんだ」

「その『鎌倉夫人』以外に、独歩の作品というのは……」

「まあそれが問題でね。『武蔵野』という、武蔵野の自然だけを描いたやつが有名なんだが、これは独歩の死後出版された『欺かざるの記』という日記からの抜粋で、それ以外は信子との恋愛のことが書いてあったというわけで」

「独歩ブームというのは何ですか」

「花袋が『蒲団』を出して、花袋と独歩は昔からの友達だが、そこで自然主義ブームが起きて、独歩は肺病で死にかけていたんだが、独歩が自然主義のチャンピオンみたいになって、それでキリストみたいに病院で死んでいく。花袋らが独歩を記念した作品集を出すという流れだね」

「独歩の作品というのは、そんなに自然主義なんですか」

「いや、『蒲団』とか藤村の『新生』みたいな現実暴露趣味は独歩にはない。『牛肉と馬鈴薯』とか『源叔父』とかだね。実は私にもよく独歩ブームというのは分からないところがある。要するに肺病で死んだということが重要だったのかもしれない」

「それは「隠喩としての病」みたいなことですね」

「そうだね」

「それで、独歩はどうするんですか」

「私もちょっとモヤるんだが、芥川賞にしておこう」

「もしかして、花袋と独歩の友達だったのが、柳田國男じゃなかったですか」

「そうです」

「柳田はどうなんです?」

「文学賞?　柳田は若いころは新体詩人だったが、失恋して文学と決別して、農商務省の官僚になり、経世済民の学としての民俗学を始めて、花袋の『蒲団』なんか批判していたし、私には文学を捨てた人、あるいは敵視していた人という気がする。文学というのは福田恆存が「一匹と九十九匹と」で言ったように、一匹のためのものという性質があるが、柳田が目ざしていたのは「九十九匹」を救うことだと思う」

「じゃあ、なしですね」

「なし。ついでに言うと、南方熊楠も、文学者ではないから、なし。どうも日本近代については、民俗学者を文学者扱いする悪習があっていかん」

「ま、まあ、落ち着いて……」

「それで、花袋だなあ……」

「花袋は、先生、お好きなんでは……」

「『蒲団』はいいんだが、それ以外の作品が……。『妻』とか『生』とか、「平面描写」になってからが、つまらな過ぎる……」

「はらはら」

「今のは、擬態語？　心内語の音声化？……まあ、いいか。どうで芥川賞なんてものは、単独の作品に与えられるものだしするから、『蒲団』一作で花袋に芥川賞とするか」

「ああ、良かった。先生、今何か、西村賢太的なコトバをお使いになりませんでした？」

「まあ、そうかもしれない。賢太にも、あと一つくらい賞を貰ってほしかったね」

「先生、西村さんお好きでしたよね」

「うん、まあ……。関わり合いにはなりたい人ではなかったが……。さて、島崎藤村だ」

「これは大家ですね」

「そう。そして美男で、姪に子供を産ませた。死ぬ間際の田山花袋に『死ぬ気持ちはどんなだね』と訊いた」

「花袋は返事したんですか」

「うん、『何とも言えない暗い気持ちだ』って。そうだろうね。私もそれは嫌だな。藤村は私が高校生のころはかなりの分量の作品が文庫になっていたな。『藤村詩集』のほかに『藤村詩稿』なんてのもあったから驚いた」

「へぇ」

「問題の『新生』だが、あれはよく読むと、姪のこま子のほうが完全に藤村に惚れこんでいるんだよね。だからフランスから帰ってきた藤村に、お見合い話とかが持ち上がると、こま子がものすごい不機嫌になったりするの。ところが藤村はそれがなんでか分からないんだよ。ものすごい鈍感さでね。あれがすごい謎だね。それで藤村はまたセックスを始めちゃうんだが、それを『新生』に書いたからこま子の父が怒って連れ去ってしまうわけだが、三年後に藤村はこま子と駆け落ちして結婚しようとするんだ。それが「明日」っていう小説に書いてある。けれどそれも兄、つまりこま子の父に見つかってダメになるんで、藤村はそんなに無責任だったわけじゃないんだよねえ。しかし芥川龍之介は『新生』を読んで「老獪な偽善者」とか書き残して自殺しちゃう。これもある意味卑怯でね、藤村としては死んじゃった芥川相手に論争もできないわけじゃない」

「難しいですね」

「それと、私は『夜明け前』を最後まで読めてないの。高校生のころ、半分読んで挫折して、二十代のころ、残りを読もうとしたけどこれも半分読んで挫折したから、全四冊のうち三冊しか読んでないんだ」

「そんなにつまらないんですか」

「つまらない。アメリカ人の日本文学研究者に言ったら、彼も、ものすごく退屈だって言っていた」

「でも……」

「そうだね。やっぱり『若菜集』からの歩みは大きいので、芥川賞です」

「あっ、良かった」

「さて……夏目漱石だが」

「ああっ、出た、先生、漱石嫌いなんですよね」

「いや、最近はむしろ『こゝろ』が嫌い、というか、未だに『こゝろ』が漱石の代表作だと思っている世間が嫌い」

「すさまじいですね」

「ん？　どっちが？　あれは大した作品じゃないし、国語教科書に載り続けたから広まっただけだし、女性憎悪のひどい悪作です。私は『それから』も嫌いだ。女を譲ったの譲られたのと、男同士のホモソーシャルな関係で女をモノみたいに扱っていて、なんでフェミニストは抗議しないんだと思う」

「そういえば、あまりしてませんね」

「だから、あまり漱石の話をしたくないので、結論だけ言うと、『文鳥』の文章がいいので芥川賞」

「えーっ、それだけですか」

「いいかい、

「十月早稲田に移る。伽藍のような書斎にただ一人、片づけた顔を頬杖で支えていると、三重吉が来て、鳥を御飼（おかい）なさいと云う。飼ってもいいと答えた。しかし念のためだから、何を飼うのかねと聞いたら、文鳥ですと云う返事であった」

こういうのがいいんだよ。これに比べたら『それから』の書き出しなんか、文学青年臭まるだしだ」

「もっと、漱石について話してくれませんか」

「あのね、一人の人があまりたくさん賞をとるのはよくないし、あまりに一人の作家について寄ってたかってものを言うのも良くない。世間は漱石について語りすぎだと思うから、私は言わない」

「……分かりました」

「では次行きます。長塚節（たかし）*」

「『土』ですね」

「あとまあ、短歌もあるけれど、『土』は立派な小説なので、これは芥川賞」

「いいと思います」

「いきなり小説を書いて、よくあれだけ書けたもんだと感心するね」

---

*長塚節（一八七九－一九一五）現在の茨城県常総（じょうそう）市出身の歌人・小説家。歌人として正岡子規に入門、夏目漱石の推薦で「朝日新聞」に小説『土』を連載した。歌集『鍼（はり）の如く』がある。肺結核で三十五歳で早世した。

「はい」

「あと、伊藤左千夫ね。これも歌人だけど、『野菊の墓』が有名だし、これは……直木賞だね」

「オヤ、直木賞ですか」

「うん、まあいいんじゃないかな」

「正岡子規はどうなんですか」

「うーん。差別俳句もあるし、『坂の上の雲』の主人公だし、なんかマッチョで印象が良くないんだが、芥川賞にしておくか」

「しておくか芥川賞ですね。高浜虚子はどうですか」

「虚子は今日まで世襲で『ホトトギス』をやっている俳壇の鼻祖(びそ)ではあるが、俳人としてそんな優れた作があるのかな」

「『去年今年(こぞことし)貫く棒の如きもの』がありますね」

「ほかに何かある?……うーん、あまり知らないなあ。私は河東碧梧桐(へきごとう)*のほうがいいと思うな。碧梧桐に芥川賞」

「え、虚子はなしですか。小説もありますよ」

「その小説……『俳諧師』とかだが……も感心しないんだなあ。虚子にやらないのは碧梧桐びいきだからね」

「先生がそんなに碧梧桐好きだとは知りませんでした」

「尾崎放哉（ほうさい）は前から好きだったけど、碧梧桐が最近はひいきなんだ」

「へえ、山頭火はどうですか」

「あれはダメだな。放哉と似ているように見えて、何かが違う」

「微妙に違いますもんね」

「あと、左千夫門下で、斎藤茂吉というのが、これはやはり、近代最大の歌人だと思うね。芥川賞」

「あれっ、近代は詩歌はやらないことにしませんでしたっけ」

「まあいいや、行きがけの駄賃だ」

＊河東碧梧桐（一八七三－一九三七）本名・秉五郎（へいごろう）。子規の弟子として虚子と併称され、新傾向俳句を作ったが虚子の勢力に逐われた。
・赤い椿白い椿と落ちにけり
・愕然として昼寝覚めたる一人かな
・曳かれる牛が辻でずっと見回した秋空だ

行きがけの駄賃ってそういう時に使う言葉かな、と垂髪きらりは思った。

「そういえば、江戸時代の歌人は一人もやらなかったですね」

「ああ……しかし読んでないからそれは無理だよ」

「香川景樹（かげき）とか、桂園派ってのがいますけどね」

「読んでないから判定不能ということにしておいてくれ」

「茂吉はいいですか」

「いいねえ。中野重治の『斎藤茂吉ノオト』から入ったようなところがあるけど、「みちのくの母の命を一目見ん　一目見んとぞただにいそげる」なんてのは、中学生の時に教科書に載っていて、課題でそれで絵を描いたりしたからね」

「どんな絵ですか」

「それがね、夜の田舎道を着物姿の青年が走っているところなんだよね。あとで考えたら、汽車の停留所から人力車に乗るあたりが妥当じゃないかと思ったけど、人力車だと「一目見ん」の感じが出ないからね」

「先生も、お母さんが好きだったんですか」

「そりゃあ、母は好きですよ。……しかし、短歌とか俳句ってのは、小中学生のころに教科書に載っていたものに、後々まで呪縛される気がする。私は俳句ではやはり教科書に載っていた山口誓子（せいし）の「夏の河赤き鉄鎖（てっさ）のはし浸る」が未だに一番好きなんだ」

「へえ。……じゃあ石川啄木はどうですか」

「啄木かあ。人間がだらしないからなあ。私は酒呑みが嫌いだしね。ああでも、『ローマ字日記』は面白いな。小説の『雲は天才である』は『坊っちゃん』の真似をして中絶したやつだけど。しかし啄木は囲野一郎（かこいの）さんが好きだったから、芥川賞にしておくか」

囲野一郎は、小谷崎と親しい歌人である。

「与謝野晶子*は、どうですか」

「うーん、短歌……」

「『源氏物語』の現代語訳もあるし……」

「ここでは特に現代語訳は……でもまあ、他に先がけてやった功績はあるか……評論が良くないんだよね、母性保護論争とか」

「でもまあ、「驕（おご）りの春の美しきかな」とか「君死にたまふこと勿れ」とかありますし」

「結構、分からない短歌も多くて朦朧体（もうろうたい）とか言われているし、あまりに鉄幹に対してチュキ、だったからなあ」

「でも、茂吉にやって晶子を蔑（ないがし）ろにするのは……」

「じゃあ、まあ、短歌で与謝野晶子に芥川賞か」

「良かったです」

「あと小説へ戻って、中勘助*がいるな」

「『銀の匙』」

「いや、『銀の匙』は嫌いなんだ。ブルジョワのお坊ちゃん話だからね。『犬』とか『提婆達多(でーばだった)』とか、人間の醜悪な面を描いたのがいいんだよ。それで芥川賞だな」

「読んでみます」

「中勘助は東大国文科卒なんで、川端康成の先輩なんだが、川端が卒業する時、国文科卒で作家になったのは初めてだと言われて、中勘助がいるんだけど、と書いていたね」

「谷崎潤一郎も国文科でしたよね」

「あの人は卒業してないから」

「ああ……」

「あっそうだ、泉鏡花を忘れていた」

「そうでしたね」

「よく、「泉鏡花は純文学ですか大衆文学ですか」と訊かれたもんだけれど、「文章は純文学、筋は大衆文学」と答えていた……」

「ああ、はい」

「だがこのところ、やっぱり鏡花は……」

「どっちですか」

「直木賞じゃないかと思う」

「オオ、マイゴッド！」

「また変な間投詞を……」

＊与謝野晶子（一八七八－一九四二）大阪府堺の商家に生まれた。旧姓名は鳳晶（ほうしょう）。妻のある与謝野鉄幹と結婚し、山川登美子との三角関係もあった。歌集『みだれ髪』で名をあげ、日露戦争では「君死にたまふこと勿れ」の詩を発表して大町桂月（けいげつ）から「乱臣賊子」と批判された（日中戦争時にはそういう詩は作らなかった）。多くの子供を育て、小説『明るみへ』、『源氏物語』現代語訳、「母性保護論争」など多くの評論を書いた。恋愛のない結婚は不貞であると説いた。
・その子二十櫛にながるる黒髪のおごりの春のうつくしきかな
・やは肌のあつき血汐にふれも見でさびしからずや道を説く君
・清水へ祇園をよぎる桜月夜こよひ逢ふ人みなうつくしき
・ああ皐月（さつき）仏蘭西（ふらんす）の野は火の色す君も雛罌粟（コクリコ）われも雛罌粟
＊中勘助（一八八五－一九六五）家長である兄が長く病んでいたため結婚が遅れ、兄嫁に同情した心情が指摘される。富岡多恵子『中勘助の恋』がある。

「それ、もしかして先生の嫌いな柳田國男が鏡花が好きだったからですか」

「いや、そうではない。そうではないが……」

「もうちょっと説明してください」

「鏡花の作品というのは、時系列的に見た場合に、展開や発展がない。最初っから同じ調子で死ぬまで続くんだ。それが、何か違う、という気がする」

「確かにそうですね。鏡花に、前期後期とか、ありませんしね」

「つまり職人藝だな」

「なるほど……分かりました」

「あと、元へ戻って『白樺』派でいうと、有島武郎（たけお）……」

「さっき『或る女』の話が出ましたね」

「コロンビア大学のポール・アンドラっていう、柄谷行人とかと親しかった日本文学者の博士論文が『或る女』論で、翻訳もあるんだが、あれは文藝評論であって研究じゃないと思うが……」

「そうですか」

「有島でいいのは『或る女』だけじゃないかという気がするんだよなあ」

「『カインの末裔』とか……」

「いやあ、良くない」

「『生れ出づる悩み』とか……」

「いまいち。『或る女』にしてからが、生きている佐々城信子を殺しちゃっていて、フェミニズム的には懲罰だと批判されているんだよねぇ」

「ああ、まあ、生きている人を殺しちゃうのは問題ですけど」

「だからね、直木賞」

「そうですか。いえ、いいですけど」

「あっ、待て。これ、近代に入ってから、芥川賞のほうが直木賞より上、という序列が出来てきている。それは間違いだ」

「そうでしたね」

「そうか、これは近代的な装置なんだ」

「何か岩波書店から出る本みたいなことを言ってらっしゃいますが……」

「いや、もうそろそろ終わりだろう」

「そういえば、戯曲はどうします?」

「ああそうだ、小山内薫とか、いるねえ。あ、そうだ、福地桜痴(おうち)*がいた」

「また、さかのぼりましたね」

「桜痴は歌舞伎座の立作者になっているし、それ相応に業績があるからなあ。『鏡獅子』とか『侠客春雨傘（おとこだてはるさめがさ）』とか『大森彦七』とか」

「直木賞にしますか」

「そうだね。これは直木賞。で小山内は……。『大川端』って小説があるんだが……」

「戯曲もありますね。『息子』とか……」

「いや……しかし小山内は、二代目左団次と組んで演劇運動をやった功績はあるが、作品がいいかどうか……。いや、これはなしにしよう」

「なしですか。厳しいですね」

「あと志賀直哉……」

「うわあ、先生、嫌いそう」

「志賀は世間での人気はかなり下がっているようだが、篠沢秀夫が志賀が好きだったのは、あの人学習院の教授で、出身も学習院（大学院は東大）だったからだろうが、阿部公彦（まさひこ）がちょっと志賀が好きっぽいんだよね」

「先生、前に『暗夜行路』の悪口書いてませんでした？」

「書いてた。あれは『こゝろ』と並ぶ近代日本の二大ミソジニー小説だよ。あれはひどい。論じる蓮實先生すら胡乱（うろん）な人物に思えてくる」

「うわあ」

「しかし……初期の短編には、いいものがある。『范(はん)の犯罪』とか『濁った頭』とかね。あとやっぱり『焚火』はいい。だからそれら短編で芥川賞ということにしよう」

「良かったです」

「あとは武者小路実篤だな」

「おお……」

「これも『愛と死』とかは、バカバカしいが、初期の『世間知らず』とか『お目出たき人』がいい。まあ最近の作家でも、最初の作品が一番有名だってことはよくあるでしょう、『太陽の季節』とか『限りなく透明に近いブルー』とか。『こちらあみ子』もそうなるんじゃないかな。まあ、そういうことだ。だから初期作品で、芥川賞だ」

「了解しました」

「ヨシ、これで次は谷崎潤一郎だ」

「これは先生ごひいきの作家ですね」

＊福地桜痴（一八四一－一九〇六）本名・源一郎。旧幕臣だが、伊藤博文などの立憲帝政党に参加、政治・実業に携わったのち、演劇界に入るが、小説・翻訳など多くの執筆活動を行った。

「谷崎の場合、最初の作品が一番有名ってことはないからね、最初の作品は戯曲の『誕生』だからね。『吉野葛』で芥川賞、『細雪』で直木賞と両賞を授与しよう」

「うわあ、これは椀飯振舞」

「ああ、ただし谷崎には、紫式部をバカにした罪があるから、そこは反省してもらいたい」

「げっ」

「里見弴*というのもいるな。これは多作だし、『安城家の兄弟』みたいな鮮烈な私小説もあるし、『多情仏心』みたいなフィクション小説もある」

「どうしますか」

「まあ、芥川賞にしておこう」

「あと、菊池寛がいるな」

「ああ。本家の芥川賞と直木賞の創設者ですね。時空が歪む……」

「菊池の『真珠夫人』はそれほどとは思わないけれど、『受難華』なんかはいいね。あと短篇も結構いいんだが、ちゃんと評価されていない気がする。『恩讐の彼方に』とか『忠直卿行状記』『無名作家の手記』『藤十郎の恋』のほかにも、『灰色の檻』とか面白いのが多い。しかし全体として通俗味があるから、直木賞でいいかな」

「はい、菊池寛賞ってのもありますね」

「まあ、それはいいとして。あと近松秋江ね」

「ああ、あの変てこな……。いえ、失礼しました」

「『別れたる妻に送る手紙』連作と、『黒髪』連載とで、花袋より業績があると思う。平野謙がそれをちゃんと評価したのは、まあ平野謙の業績だね。秋江には、芥川賞。生前、というか今日まで何の賞や名誉ももらえてない作家だからね」

「徳田秋聲は……」

「ああ、それはね、無理」

「あ、判定不能ですか」

「そう。川端康成が絶賛しているし、野口冨士男は十年かけて伝記を書いているし、褒める人はいる。だけど私には分からない。『明治の文学』（筑摩書房）の秋聲の巻は荒川洋治が編集していて、秋聲の小説に出てくる女はみな似たようだ、と書いていて、その通りだと思ったけど、荒川がそれで秋聲を褒めているとは思えなかった」

「いぶし銀みたいな、って感じですかね」

＊里見弴（一八八八－一九八三）有島武郎の弟。本名・山内英夫（母方の山内家の養子となった）。志賀直哉と複雑な関係にあった『白樺』の一員。

「そう言われるね。『仮装人物』は私小説だから面白いかな、と思ったんだが、やっぱり秋聲流だったね。私は悲しいが、秋聲とは無縁の衆生（しゅじょう）なんだろうね」

「しょうがないですね」

「あと、岩野泡鳴（ほうめい）がいるね」

「ああ、いますね」

「高山樗牛（ちょぎゅう）の「美的生活」ってのがあったけど、泡鳴も「半獣神的自然主義」とか言っている。「美的生活」って聞こえはいいけど、要するに性欲に任せた生活って意味なんで、宮台真司と同じで、青年はそういうことを言う論客が好きなんだね。石原慎太郎とか村上龍も、作品を通して何かそんな風に受け止められたんだろうね。女でいえば、山田詠美とか金原ひとみとか鈴木涼美（すずみ）がそれかな。いや、黒木香（かおる）とかがそれなのか」

「で、泡鳴はどうなんですか」

「あれは全然ダメだね。なんで文学史に残ってるのかと思うくらい」

「なし……ですね」

その時、外でパラパラっと、音がして、二人はパッと窓のほうを見た。雨が降ってきていた。

「あ……」

「雨ですね」

と言って、垂髪きらりは窓のところへ見に行って、ちょっとそこで様子を見ていた。

「傘は持ってこなかったな」

小谷崎が言うと、

「もし降り続けるようでしたら、タクシー手配します」

と垂髪きらりが答えた。

「あ、押川春浪を忘れていた」

「冒険小説でしたか」

「『海底軍艦』の原作者だよ。マンダが出る映画」

「マンダ？」

「大きな蛇みたいなやつだが、これは原作に出てくるわけじゃないな。春浪には直木賞ということにしよう」

「分かりました」

「ところであなた、小津安二郎の映画って好きですか？」

「はい？　いえ、『東京物語』なんか、夫が戦死したのに夫の家に残っている原節子を美化しているみたいで、嫌な感じさえしました」

「そうかもしれないねえ。私も、あの古い道徳や美意識は受け入れられないねえ。蓮實先生なんか、そこはどう思っていたんだろうねえ。映像だけで判断したのかねえ」

「ええ……話しても分からないことですからねえ」

「そうだねえ。文学や藝術の良しあしってのは、論理的に話し合えば分かるってものじゃないんだよねえ。だから最後は、ああ、俺にはこれは分からない世界なんだな、という諦念みたいなものに達するんだよ。寂しいねえ」

「先生、やめてください。ちょっと泣きそうです」

「そうだねえ。私も泣けてきたよ。なんで私は徳田秋聲が分からないんだってね」

「あまりそういうこと、言う人いませんね」

「そうだよ。他人が面白がっているのが分からないというのは、寂しいことだよ。サビシーっ！」

　垂髪きらりが、目に涙をためながら、くすりと笑った。

「じゃあ、佐藤春夫だ」

「あっ、『文豪とアルケミスト』で主役級の佐藤春夫ですね」

「佐藤春夫は、いまだにまともな伝記がないんだよね。私は近代文学研究はちゃんとした伝記を書くことから始まると思っているから……。しかしまあ、佐藤を専門とする河野龍也という人が東大の先生になったから、いずれ大著が出来るでしょう。佐藤はとにかく書いたものの数が多いから大変だ。戦後、信州佐久（さく）への疎開からなかなか帰ってこなかったけれど、愛人がいたらしい。その正体はまだ明かされていない。定本全集にその人への書簡が入っているけど、編纂した人が「S.K」とイニシャルにしちゃった」

「『田園の憂鬱』とかありますね」

「初期のああいうのはポーの影響だね。『西班牙犬（スペインいぬ）の家』とかね。だが谷崎の妻を譲られるまでの小田原事件と『この三つのもの』とかあるが、妻譲渡のあとで脳梗塞を起こして、以後書くものがダメになったみたいなことを谷崎が書いているけど、まあ精彩は欠いているかもね」

「どうですか、評価は」

「まあ、芥川賞でいいでしょう」

「小川未明は、童話作家として知られているけれど、最初は大人の小説の作家だったようですね」

「そうらしいが、しかしまあ、大した作ではない。豊島与志雄（とよしまよしお）も、『レ・ミゼラブル』の翻訳者として知られているが、初期は旺盛な小説家だった。「日本幻想文学集成」に豊島の巻があったので、読んでみたが、まあ忘れられるのも仕方がないと思ったね」

「あのう、折口信夫（おりくちしのぶ）はどうですか」

「ダメです。あの人は短歌は詠んだし、『死者の書』みたいな小説も書いたけれど、『古代研究』なんて、何を言ってるんだか分からない。あれは麻薬をやりながらしゃべったことだから。ああいう朦朧体をありがたがる信者以外には、どうでもいいような人です」

「……そうですか」

「吉川英治がいますね」

「あ、それは直木賞ですね」

「まあ直木三十五とは同時代の人だけど、それをいえば鷲尾雨工（うこう）だって直木賞（本物の）をとっているからね。ただ吉川英治は、長くなる時は妙に長い、長すぎるね。『三国志』くらいならいいけど、『宮本武蔵』とか『新・平家物語』とか『私本太平記』とか、長すぎる」

「はあ」

「『宮本武蔵』とか、英訳もされてるが、人殺しをして偉くなっていくという思想が、私には分からないねえ。所詮は戦前の思想だという気がする。『三国志』にしても、同じ武将が二度も生き返っているのはいけないなあ」

「そうなんですか」

「あそうそう、碧瑠璃園（へきるりえん）・渡辺霞亭（かてい）*というすごい流行作家がいてね。大正時代に『渦巻（うずまき）』って家庭小説が猛烈に売れたんだ」

「家庭小説って、『乳姉妹（ちきょうだい）』みたいな通俗小説のことですね」

「そう。ただ碧瑠璃園の場合は歴史小説も書いていて、めったやたらに書いている。これに敬意を表して直木賞にしておこう。……あと、久米正雄*だね」

「最近、人気のある久米さんですね」

「この人は、俳句、戯曲、純文学、通俗小説と一通り書いたけれど、代表作は夏目筆子を松岡譲と争ったのを描いた『破船』なんだろうけど、全体としては通俗小説が多い。けれどこれらはあまりにくだらないし、『学生時代』に収められた初期の純文学を『破船』と合わせて評価して、芥川賞かな」

「芥川の友人で、遺書の宛名だった人が芥川賞ってのも、面白いですね」

「あと尾崎放哉*が小豆島で孤独に死んだ時、元俳人の久米は追悼文を書いているので、ここで放哉にも芥川賞だ」

---

*渡辺霞亭・碧瑠璃園（一八六四－一九二六）尾張徳川家家臣の子。「大阪朝日新聞」で多くの連載小説を書いた。大正二－三年の『渦巻』が映画化されたりして大ヒットした。『後藤又兵衛』『渡辺崋山』『加藤清正』『大石内蔵助』『乳人政岡（めのとまさおか）』『西郷隆盛』『吉田松陰』『二宮尊徳』『堀部安兵衛』『春日局』『金原明善翁（きんぱらめいぜんおう）』『塩原多助』『豊臣秀吉』『高山彦九郎』など多量の歴史小説も書いた。

「おお、そういうつながりで来ますか」

「放哉とは会ったこともない種田山頭火にはやらない」

「なんか、先生のお好みじゃないらしいですね」

「あと詩人では、高村光太郎、萩原朔太郎は、外せないなあ」

「先生、お好きですか」

「光太郎は『智恵子抄』が有名だけど、あれは妙に良くない。だいたい「抄」って何なのか分からない。谷崎の『春琴抄』の真似で、女の名前に「抄」を付けると「頌」の意味になるとでも思ったのかね。谷崎のは『鵙屋春琴伝』という架空の書物の「抄」って意味なんだが……。黒澤亜里子みたいに智恵子を精神病にしたのは光太郎だと言う人もいるが、確かに智恵子については、美談で済まされない何かを感じるね」

「ああ、そうですか。とすると、いいのは『道程』とか……」

「そう、『道程』がやっぱり一番いい。朔太郎は、不幸な人だけど、もちろん詩はいい。二人には芥川賞でいいだろうね」

「室生犀星はどうですか」

「ああ、あの人は……。むやみとたくさん、小説も含めて書いた人でね……。『性に目覚める頃』とか『杏つ子』とか『蜜のあわれ』とか、いいのが結構ある。『らぬさい』っていう自伝的な小説もあってね」

「らぬさい?」

「『弄獅子』と書いて「らぬさい」と読むんだが、これは獅子舞のことで、台湾語でランサイ、と読むんだそうだ。当時、台湾は日本領だったからね」

「ああ、そうですね」

「『ふじの山』って歌があるでしょ。「富士はニッポン一の山」って歌ってるけど、あの当時、

＊久米正雄(一八九一－一九五二)長野県出身だが、学校の校長だった父は、火事で天皇の写真を焼いたため割腹自殺し、母の実家の福島県郡山で育つ。宮本百合子は母方祖父の兄貴分の孫に当たり幼馴染。東大英文科で芥川龍之介と親しくなり、菊池寛らと第三次『新思潮』に加わり、第四次『新思潮』を興した。最晩年の夏目漱石に芥川とともに対面して師事した。俳句、戯曲で頭角を現したが、初期小説「受験生の手記」などは『学生時代』に入っている。漱石没後、友人の松岡譲とその娘筆子を争って敗れた経緯を書いたのが『破船』でベストセラーとなり、文藝春秋社を興した菊池寛とは文壇の大御所二人として君臨した。

＊尾崎放哉(一八八五－一九二六)東大卒のエリート会社員だったが、酒癖が悪くて辞職、放浪の俳人となり、小豆島の小庵で晩年を送り肺病で死んだ。吉村昭に晩年の一年を描いた小説『海も暮れきる』がある。

台湾は日本領だから、日本で一番高い山は台湾の新高山で、二番目も台湾にあって、「次高山」と呼ばれて、富士山は三番目だったんだよ、おかしいね」

「へえへえ」

垂髪きらりは、また右手をひらひらさせた。小谷崎は、これは実は知っていて、自分に媚びて知らないふりをしたのだと思った。

「で、室生犀星は、これは芥川賞でいいでしょう。そういえば犀星には『青い猿』っていう、芥川をモデルにした変な小説もあったね」

垂髪きらりは、メモをとっていた。

「それじゃあ、行くよ。芥川龍之介」

「えっ！　芥川龍之介に芥川賞をやるかどうか決めるんですか！」

「そう。これが最後だから」

「どきどき」

「まず、『羅生門』は凡作の上に元ネタがある。元ネタがあるのは『杜子春』に至るまで、太宰治の『カチカチ山』みたいに元ネタを越えてないからダメ。『河童』とかも大したことはないし、長編は書けない」

「ああ、いやな予感が……」

「せっかく、秀(ひで)しげ子との不倫という、格好の題材がありながら、気が小さくてそれを創作に生かせない。まあこれは、姦通罪があった時代だからしょうがないんだけどね、最後は志賀直哉の『焚火』に感銘を受けて何かそれっぽいものを書こうとして谷崎と「筋のない小説」論争をする。ダメだね」

「え、ということは……」

「これは、なしだ」

「えええー！！　芥川龍之介が芥川賞をとれないんですかア〜ひど〜い」

「騒がないで。これが運命なんだよ」

「何てひどい結末……」

雨はさっきよりひどいざあざあ降りになっていた。小谷崎は、窓のところまで立っていって、

「ひどい降りになったなあ……」

と言った。垂髪きらりは、

「タクシー手配します」

と答えた。

小谷崎は、黙ってうなずいたように、後ろからは見えた。

（終）

あとがき

若いころ、加藤周一の『日本文学史序説』というのがあって、「序説」というのが、これから本文を書くわけではなく謙遜でつけているだけだと知った。あと、国文学者は、時代別の専門分化が厳しくて、一人で日本文学史を書くというのは、国文学者ではない加藤や、外国人のドナルド・キーン、異端的で比較文学者とも称している小西甚一などが書くだけだと知った。その時、自分もいずれは日本文学史を書こうという野心は抱いたが、詩歌に弱すぎるから無理だな、と思っていたら、こんな珍妙な形で書くことになったというわけで、まあ小西のような大部の日本文学史が出るご時世ではないからいいか、と思っている。

私は一九九〇年にカナダのブリティッシュ・コロンビア大学のアジア学部の大学院に入って日本文学を学んだのだが、ここで取り上げた古典は、その時に読んだものが結構多い。これはカナダ政府から奨学金を貰っていたので、まあ無駄にならなかったな、という気持ちがしている。その留学中に、アール・マイナーが書いた『日本の宮廷和歌』（*Japanese Court Poetry*）という本を読んだら、日本では自明のこととして説明してくれないことまで書いてあったから勉強になった。もっともさる先輩によると、日本の学者が書いた本を下敷きにしているらしい。しかし本書を書きながら、和歌については色々思い出すこともあり、勉強になった。

芥川賞は、斜陽産業と化した純文学が半年に一度活性化する「純文学の祭り」である（私はそういう題の短編小説を書いたことがある。『美人作家は二度死ぬ』論創社、に入っている）。この本も、その「ご威光」を借りた形である。だが、一九七〇年代には、純文学作家でも芥川賞くらいとれば、だいたい生涯食いつなぐ程度には本が出せたが、今では、芥川賞作家でも、娯楽小説をうまく書けるようにならないと、純文学小説だけでは食っていけなくなりつつあり、将来的には、本も出せなくなるだろう。だから私は、純文学の新人賞に応募しているような人は、仮に受賞しても仕事を辞めずにいるか、娯楽小説も書けるように訓練しておいたほうがいい、と言っている。

表紙と挿絵は、妻の友人で、私も面識のある漫画家の千船翔子さんに薄謝で描いてもらった。ありがとうございます。

二〇二三年八月三〇日

小谷野 敦

■著者プロフィール

小谷野 敦（こやの あつし）

1962年茨城県生まれ。東京大学文学部英文科卒、同大学院比較文学比較文化専攻博士課程修了、学術博士。大阪大学助教授、東大非常勤講師などを経て、作家、比較文学者。著書に『もてない男』（ちくま新書）、『聖母のいない国』（河出文庫、サントリー学芸賞受賞）、『『こころ』は本当に名作か』（新潮新書）、『現代文学論争』（筑摩選書）、『江藤淳と大江健三郎』（ちくま文庫）、『直木賞をとれなかった名作たち』（筑摩書房）、『谷崎潤一郎伝』（中公文庫）、『里見弴伝』『久米正雄伝』『川端康成伝』『近松秋江伝』（以上、中央公論新社）ほか多数。小説に『悲望』『童貞放浪記』（以上、幻冬舎文庫）、『母子寮前』（文藝春秋）などで芥川賞候補。

もし「源氏物語（げんじものがたり）」の時代（じだい）に
芥川賞（あくたがわしょう）・直木賞（なおきしょう）があったら
小谷野流（こやのりゅう）「日本文学史早（にほんぶんがくしはや）わかり」

発行日　2023年11月17日　第1版第1刷

著　者　小谷野（こやの）　敦（あつし）

発行者　斉藤　和邦
発行所　株式会社　秀和システム
〒135-0016
東京都江東区東陽2-4-2　新宮ビル2F
Tel 03-6264-3105（販売）Fax 03-6264-3094
印刷所　三松堂印刷株式会社　Printed in Japan

ISBN978-4-7980-7114-5 C0095

定価はカバーに表示してあります。
乱丁本・落丁本はお取りかえいたします。
本書に関するご質問については、ご質問の内容と住所、氏名、電話番号を明記のうえ、当社編集部宛FAXまたは書面にてお送りください。お電話によるご質問は受け付けておりませんのであらかじめご了承ください。